# Le tendre héritage d'un comte

SOPHIE PEMBROKE

# Le tendre héritage d'un comte

*Traduction française de*
ISABELLE DONNADIEU

AZUR

HARLEQUIN

*Collection :* Azur

*Titre original :*
PREGNANT ON THE EARL'S DOORSTEP



**HARPERCOLLINS FRANCE**
83-85, boulevard Vincent-Auriol, 75646 PARIS CEDEX 13
Service Lectrices — Tél. : 01 45 82 47 47 - www.harlequin.fr
ISBN 978-2-2804-5296-0 — ISSN 0993-4448

Composé et édité par HarperCollins France.
Imprimé en octobre 2021 par CPI Black Print (Barcelone)
en utilisant 100% d'électricité renouvelable.
Dépôt légal : novembre 2021.

FSC www.fsc.org MIXTE Papier issu de sources responsables FSC® C159065

Pour limiter l'empreinte environnementale de ses livres, HarperCollins France s'engage à n'utiliser que du papier fabriqué à partir de bois provenant de forêts gérées durablement et de manière responsable.

# 1.

Le château de Lengroth paraissait plus grand que sur les photos. Plus sombre, aussi. Quant aux dix-sept marches qui menaient à la porte d'entrée, elles semblaient avoir été conçues pour rebuter les visiteurs. Étroites, abruptes, envahies par la mousse due à la proximité des douves, elles avaient, en plus, l'air glissantes.

Pour être honnête, tout cela donnait envie à Heather Reid de faire demi-tour, sauter dans le premier train à destination du Hertfordshire et ne plus jamais revenir. Malheureusement, elle ne pouvait pas repartir avant d'avoir accompli sa mission. Après… Eh bien, après, tout dépendrait de la réaction de Ross Bryce, le comte de Lengroth.

Elle rassembla son courage et traversa la cour d'honneur pour se lancer dans l'ascension des marches. À mi-parcours, elle osa un regard sur les douves. L'eau était si noire qu'elle semblait ne pas avoir de fond. Exactement comme sa peur. Elle déglutit avec peine et monta une autre marche, mais un bruit d'eau, comme un ricochet, la fit sursauter. D'où cela venait-il ? Était-ce un poisson ? Le monstre du Loch Ness, qui avait élu domicile dans les douves du château des comtes de Lengroth ?

Elle jeta un coup d'œil en contrebas. Un canard en caoutchouc flottait sur l'eau sombre.

— Au moins, ce n'est pas un monstre, songea-t-elle. Tout va bien.

Elle leva la tête pour tenter de voir qui avait pu jeter le canard, mais il n'y avait personne aux fenêtres.

Ross Bryce avait des enfants, se rappela-t-elle, honteuse. Deux enfants qui posaient fièrement sur la page d'accueil du site Internet du château, entre leur séduisant père, le comte, et leur ravissante mère, Lady Jane Bryce, comtesse de Lengroth.

Quand elle était tombée sur cette photo, Heather en avait été malade. Elle avait d'autres raisons d'avoir la nausée ces dernières semaines, évidemment, mais en découvrant l'existence de ces enfants elle avait compris l'ampleur de son erreur et surtout, ses répercussions potentielles.

Toujours aucun signe du propriétaire du canard… Toutefois, elle avait été enseignante assez longtemps pour savoir que, lorsqu'un enfant vous lance un canard à la figure, cela signifie entre autres que vous n'êtes pas la bienvenue.

Avec précaution, elle se pencha au-dessus de l'eau, parvint à attraper le canard et le coinça sous son bras.

— Crois-moi, je n'ai pas du tout envie d'être ici moi non plus, murmura-t-elle en reprenant son ascension.

Le problème, c'était qu'elle n'avait pas le choix. Elle avait commis une erreur, elle devait en accepter les conséquences. Elle ne savait que trop bien ce qui se passait lorsque les gens n'assumaient pas leurs responsabilités et préféraient mentir.

Arrivée au sommet, elle prit une profonde inspiration, puis saisit le gros heurtoir en laiton pour le laisser retomber contre la porte. Elle avait survécu aux marches et au lancer de canard, il lui restait la partie la plus difficile de son entreprise.

Dans le train, elle avait réfléchi à toutes les façons d'annoncer la nouvelle à Ross. Elle était arrivée à la conclusion que tourner autour du pot ne servirait à rien. Les faits étaient là : elle était enceinte. Elle portait son enfant.

Restait à espérer que la femme du comte ne serait pas là lorsqu'elle lui annoncerait sa future paternité. Non pas qu'il ait mentionné l'existence d'une épouse ou d'enfants quand ils s'étaient rencontrés à Londres. Il lui avait parlé du château et du domaine, de ses responsabilités… et avait omis de mentionner sa famille. Il ne portait pas l'alliance qu'elle avait ensuite vue à son doigt, sur la photo du site Internet.

— Vous devez avoir toutes les femmes de l'aristocratie à vos pieds, avait-elle plaisanté au moment où il lui avait expliqué où il vivait et montré une photo du lieu sur son téléphone. Comment savez-vous qu'elles s'intéressent à vous, et non à votre château ?

— Faites-moi confiance, avait-il répondu avec un sourire malicieux, ce n'est pas mon château qui impressionne les femmes.

Au souvenir de cette réplique, elle leva les yeux au ciel. Comment avait-elle pu se laisser embobiner par un tel discours ? Tout cela, c'était la faute des cocktails que son amie Lacey lui avait fait boire.

Bon, allait-on enfin ouvrir cette fichue porte ? Elle commençait à s'impatienter. Maintenant qu'elle était arrivée au château de Lengroth, elle était pressée d'en finir avec cette histoire. Elle ne fondait pas de grands espoirs dans la rencontre qui l'attendait, mais ce qui était fait n'était plus à faire. Ross méritait de savoir, pour le bébé, même s'il décidait ensuite qu'il ne voulait plus rien avoir à faire avec elle. Au moins, elle se serait conduite en personne responsable, et on ne pourrait rien lui reprocher.

En fait, à part une stupide nuit à Londres deux mois plus tôt, elle s'était toujours bien conduite. Elle avait toujours été raisonnable. Si elle avait retenu une leçon de sa mère, c'était bien celle-ci : mieux vaut ne jamais faire de vagues.

La porte s'ouvrit enfin sur une femme âgée vêtue d'un élégant tailleur bleu marine.

— Je viens voir le comte de Lengroth, annonça Heather d'une voix aussi assurée que possible.

— Vous êtes en retard, rétorqua la dame d'un ton sévère. Suivez-moi, il vous attend.

Surprise, Heather secoua la tête, tout en franchissant néanmoins le seuil.

— Je suis… Je suis en retard ?

Ce n'était pas faux, elle était en retard. Elle avait même six semaines de retard, mais elle était prête à jurer que ce n'était pas à ses règles que cette femme faisait référence.

— Je n'avais pas rendez-vous…

La femme ne dut pas l'entendre, car elle ne répondit pas. Elle continua à avancer dans un long couloir glacial, puis s'arrêta devant une lourde porte de bois à laquelle elle frappa.

— Entrez, fit une voix masculine à l'intérieur.

— La nouvelle nourrice est ici, monsieur.

La nouvelle nourrice ? Mais de quoi parlait cette femme ? Il y avait erreur sur la personne.

La porte s'ouvrit en grand, et Heather découvrit l'homme installé derrière un magnifique bureau en acajou. La domestique qui l'avait fait entrer s'était méprise sur son identité, mais ce n'était pas le principal problème. Le principal problème, c'était que l'homme assis derrière le bureau du comte de Lengroth n'était pas celui avec qui elle avait couché à Londres, un peu moins de deux mois plus tôt.

Cal Bryce n'avait jamais eu l'ambition de devenir comte de Lengroth. Ni le titre ni le château ne l'intéressaient. Il n'avait aucune envie de se retrouver dans l'obligation de fournir un héritier à la lignée, et devoir prendre en charge la foule de responsabilités qui incombaient aux membres de l'aristocratie s'apparentait pour lui à une calamité.

Aujourd'hui, il n'était toujours pas le comte : il n'était que l'honorable Calvin Bryce. Le château ne lui appartenait pas, c'était la propriété de son neveu Ryan, le nouveau comte âgé de huit ans. Néanmoins, depuis la mort de son frère Ross, il se retrouvait soudain face à de nombreuses responsabilités, qui lui incomberaient jusqu'à la majorité de Ryan.

*Bon sang, pourquoi as-tu pris ce virage à une telle vitesse, Ross ?* se demanda-il pour la énième fois depuis qu'il avait reçu ce coup de fil, au beau milieu de la nuit, et entendu Mme Peterson, la gouvernante du château, hurler depuis l'Écosse, à des milliers de kilomètres de chez lui.

— Ils sont morts ! Ils sont morts tous les deux ! avait-elle tant bien que mal réussi à articuler lorsqu'elle s'était enfin calmée.

Alors, le ciel lui était tombé sur la tête. Depuis sa naissance, son grand frère avait toujours été le pilier sur lequel il s'appuyait.

Pour tout leur entourage, la famille Bryce était le parfait exemple de l'aristocratie moderne. Toutefois, Ross et lui connaissaient la vérité, à savoir que leur famille n'était pas au-dessus des scandales. Elle avait juste appris à les dissimuler.

Enfant, Cal savait qu'il devait se mettre à l'abri quand son père commençait à crier et que, si celui-ci buvait, mieux valait ne pas être dans les parages. Ross, de trois ans son aîné, lui avait montré les meilleures cachettes et enseigné les signes avant-coureurs, ceux qui indiquaient qu'il fallait fuir.

Il lui avait fallu un certain temps pour découvrir la véritable nature de son héritage génétique. Les Bryce possédaient en effet un talent certain pour étouffer les scandales, y compris au sein de la famille. Il avait tout compris le jour où il avait surpris son père au lit avec la *barmaid* du pub du village. Ensuite, au fil des années, la liste des faiblesses et des mensonges de ses parents n'avait cessé de s'allonger, entre la liaison de sa mère avec le notaire, le défilé des filles de la région qu'il voyait sortir par les cuisines du château le matin, les ecchymoses sur le visage et les bras de Ross après des disputes violentes avec leur père… Sans oublier la légende du fantôme de Lengroth, une histoire qui lui causait d'ailleurs bien des problèmes actuellement.

Selon elle, une fille du village qui était enceinte avait affirmé que le comte était le père du bébé. Rejetée par les villageois, sa réputation brisée, elle était venue, en désespoir de cause, frapper à la porte du château. Le comte l'avait renvoyée sans ménagement et, en quittant les lieux, elle était tombée dans l'escalier. La chute avait été fatale. Certains murmuraient, aujourd'hui encore, que la jeune fille avait été poussée.

Pour être honnête, Cal n'avait jamais eu envie de connaître la vérité sur cette affaire. Ses ancêtres et sa famille l'avaient déjà suffisamment déçu comme ça…

Sauf Ross. Ross avait épousé l'adorable Janey et ils avaient eu deux beaux enfants. Ross avait rompu avec les démons de la famille, il avait transformé le château en une maison familiale chaleureuse, il avait trouvé le moyen de surmonter leur disposition génétique pour le scandale…

Pendant des années, Cal avait donc idolâtré Ross. Toutefois, cette admiration avait pris fin six semaines plus tôt, quand il était rentré en Écosse pour reprendre les rênes du domaine après la mort de son frère.

Aujourd'hui, il avait l'impression que Ross avait, encore mieux que les autres, réussi à cacher sa véritable personnalité.

Jusque-là, Cal croyait que le monde des affaires était impitoyable et que la gestion d'une entreprise demandait du temps, de l'énergie et le sens des responsabilités… Mais ça, c'était avant qu'il ait à gérer les dettes de jeu et les mille et un mensonges que Ross avait laissés derrière lui.

C'était avant qu'il ne soit obligé d'engager une nounou pour s'occuper de deux petits orphelins.

Il jeta un coup d'œil vers la jeune femme, la neuvième candidate en six semaines, que Mme Peterson venait d'introduire dans le bureau. Outre les quarante minutes de retard, la nouvelle venue portait une tenue un peu trop décontractée pour un entretien d'embauche : robe à fleurs, sandales et petit gilet. Ses cheveux cuivrés, qu'elle n'avait pas jugé utile de discipliner, tombaient en cascade sur ses épaules et elle portait un sac sur le dos, à la manière d'une étudiante. Peut-être l'était-elle, d'ailleurs. Elle avait l'air assez jeune.

Cal vit aussi qu'elle tenait un canard en plastique sous le bras. Voilà qui était étrange, mais il ne l'interrogerait pas sur ce point. Un tuteur aussi désespéré que lui ne pouvait se permettre d'être tatillon.

Mme Peterson ne semblait guère apprécier le look de la candidate. Pour sa part, comme chaque fois qu'elle devait accueillir un nouveau membre du personnel, elle s'était mise sur son trente et un.

Cal réfléchit. Le plus logique aurait été de renvoyer d'emblée cette fille, mais il ne pouvait se payer le luxe d'être trop exigeant non plus. Il avait besoin de quelqu'un pour les enfants d'urgence. Lui-même n'était pas capable d'être la figure parentale dont sa nièce et son neveu avaient besoin. Il n'était pas fait pour être père, c'était clair et il l'avait toujours su. Ce qui signifiait qu'il devait embaucher quelqu'un pour s'occuper de Daisy et de Ryan pendant les six prochaines semaines et, d'après ce que lui avait dit l'employée de l'agence au téléphone, cette jeune femme devait être sa dernière chance.

À lui, maintenant, de la convaincre et, pour cela, il allait suivre le plan qu'il avait élaboré avec Mme Peterson : lui offrir un salaire qu'elle ne pourrait jamais obtenir ailleurs, tout en lui faisant comprendre que l'unique condition était qu'elle reste là vingt-quatre heures sur vingt-quatre pendant la totalité des six semaines. Et, bien sûr, ne pas mentionner le fantôme…

— Très bien, mademoiselle…, commença-t-il en baissant les yeux vers les notes qu'il avait prises lors de sa conversation téléphonique avec l'agence, mademoiselle Thomas. Je vous explique la situation : ma nièce et mon neveu partent en pension dans six semaines mais, d'ici là, ils ont besoin d'une nounou fiable, efficace et compétente. Votre agence dit que vous êtes à la hauteur de la tâche, et je lui fais confiance. Je vais donc vous faire une offre que vous n'obtiendrez nulle part ailleurs : vous restez six semaines ici, au château de Lengroth, vous préparez les enfants physiquement et psychologiquement à l'internat et, de mon côté, je vous paie l'équivalent d'une année complète de travail. Toutefois, si vous démissionnez avant la fin des six semaines, vous n'aurez rien.

La jeune femme, en face de lui, ouvrit la bouche, la referma puis bafouilla :

— Je… je pense… Je pense qu'il y a un malentendu…

Il la coupa avant qu'elle ait pu en dire davantage. C'était un autre point sur lequel il s'était mis d'accord avec Mme Peterson : ne pas laisser à la candidate le temps de réfléchir.

La dernière candidate avait baissé les bras avant même d'avoir pu entrer dans le château, car Daisy, dix ans, lui avait jeté un seau d'eau savonneuse sur la tête de la fenêtre de sa chambre. Celle-ci avait franchi la première étape, alors hors de question de la perdre avant qu'elle ait rencontré ces enfants diaboliques.

— Je sais que vous avez dû entendre les récits de vos collègues, mademoiselle, reprit-il alors d'une voix aussi charmante que possible. J'imagine que rares sont les familles qui font défiler huit nourrices avant de trouver la perle rare, mais j'ai un excellent pressentiment à votre sujet.

— Huit ?

Il s'en voulut aussitôt d'avoir mentionné ce détail. Il aurait été plus judicieux de s'en abstenir.

— Les enfants viennent de perdre leurs parents et depuis ils sont un peu déboussolés. C'est normal qu'ils fassent quelques bêtises. Et, pour tout vous dire, sur les huit nourrices qui vous ont précédée, sept m'ont juré que ce n'étaient pas les enfants qui les poussaient à partir. Que c'était le fantôme.

Oh non… Mais pourquoi ne pouvait-il pas tenir sa langue ? Il n'était pas censé mentionner le fantôme non plus !

Sur le seuil, Mme Peterson leva les mains en signe de désespoir, puis il la vit se retirer en refermant doucement la porte derrière elle. De toute évidence, elle savait reconnaître une cause perdue quand elle en voyait une. Heureusement, la nouvelle nounou ne semblait pas ébranlée par cette histoire de fantôme. Sans doute avait-elle la tête sur les épaules et ne croyait-elle pas aux phénomènes surnaturels. Peut-être qu'elle allait accepter de rester…

Il l'espérait de tout son cœur.

— Huit nounous en moins de deux mois, répéta-t-elle d'un ton pensif, avant de se redresser soudain. Attendez… Vous avez dit que les parents de ces enfants… Le comte de Lengroth, Ross Bryce, et sa femme…

— Oui. Mon frère Ross et ma belle-sœur Janey ont eu un accident, hélas.

À ces mots, elle parut se ratatiner sur sa chaise.

— Et ils sont morts ? Mais… Quand cela ? demanda-t-elle en posant le canard sur le bureau d'un geste absent.

— Il y a un peu moins de deux mois.

Cette jeune femme ne devait pas être du coin si elle l'ignorait.

— En juin, alors…, marmonna-t-elle en se mordant la lèvre. Juste quelques jours après…

— Mademoiselle Thomas. Aussi tragique que soit le décès de mon frère et de son épouse, je pense vraiment que nous devrions revenir à notre sujet.

Lorsqu'elle releva la tête, il vit que ses yeux émeraude étaient humides.

— Et moi, monsieur Bryce, je pense que nous devrions reprendre tout depuis le début. Voyez-vous, je ne suis pas mademoiselle Thomas. Je ne suis pas envoyée par l'agence, je ne viens pas pour le poste de nourrice. J'étais venue voir votre frère.

Cal se figea en entendant ces paroles. À n'en pas douter, la foi qu'il avait encore en son grand frère parfait allait prendre un nouveau coup.

# 2.

Le second frère Bryce, plus jeune et encore plus beau que son aîné, la dévisageait de derrière son bureau, sur lequel trônait à présent le canard en plastique qui apportait à cette scène une touche éminemment surréaliste.

Comme si cette histoire n'était pas assez absurde !

Heather s'efforça de se reprendre. Surtout, ne pas se laisser distraire par le canard, ni par le magnifique bureau, héritage familial, sans doute. Se concentrer sur la raison de ce voyage en Écosse.

Mais débattre mentalement de la provenance du bureau était plus facile que de révéler à son interlocuteur qu'elle avait eu une aventure avec son frère, décédé depuis.

— Si vous n'êtes pas de l'agence, alors qui êtes-vous ? demanda l'homme derrière le bureau. Et qui étiez-vous pour mon frère ?

Il ne semblait pas tellement surpris, en fait, et il avait l'air d'avoir déjà compris. Peut-être Ross avait-il l'habitude d'avoir des aventures, après tout ?

Elle prit une profonde inspiration avant de se lancer.

— Je m'appelle Heather Reid. Il y a deux mois, j'ai rencontré votre frère Ross dans une boîte de nuit à Londres et j'ai… j'ai passé la nuit avec lui. À présent, je suis enceinte de son enfant.

Un enfant qui ne connaîtrait jamais son père, hélas…

Même si Ross l'avait refoulée sans l'écouter, son enfant aurait eu un père dont elle lui aurait révélé le nom et qu'il ou elle aurait pu aller voir, plus tard, une fois devenu adulte.

— Monsieur Bryce…

— Cal, fit-il d'un ton las en se passant une main sur le visage. Mon nom est Cal Bryce.

— D'accord. Cal, voulez-vous… Je ne sais pas… Voir ma carte d'identité ou… Que je fasse un test ADN… Vous croyez peut-être que j'ai entendu parler de la mort de votre frère et que je cherche à présent à vous extorquer de l'argent ? Je vous assure que ce n'est pas le cas !

Cal la contemplait comme si c'était exactement ce qu'il pensait et, pour être honnête, elle ne pouvait pas lui en vouloir.

— Ah ! j'ai quelque chose pour prouver ma bonne foi, se rappela-t-elle soudain.

Elle sortit son téléphone et chercha parmi les photos celle qu'elle désirait lui montrer.

Le regard sombre, Cal fixa l'image de Ross et elle souriant à l'objectif dans le bar londonien. Il se détourna et elle reprit le téléphone. Le moment devait être gênant pour lui aussi. La seule différence, c'était que lui ne risquait pas à tout moment de vomir le sandwich qu'il avait mangé dans le train !

— Me croyez-vous ?

— Oui. Les avocats exigeront un test ADN, évidemment, mais en attendant, je vous crois. Je réfléchis juste à la suite.

— Un peu comme moi…

Son physique mis à part, Cal ne ressemblait pas du tout à Ross, songea Heather.

Ross n'avait pas cessé de parler pendant tout le temps où ils étaient restés ensemble : de lui, d'elle, des endroits qu'il avait visités… Il avait juste oublié de mentionner le détail le plus important, à savoir qu'il était marié et papa. Cal, au contraire, était quasiment silencieux depuis qu'elle lui avait annoncé la nouvelle. Mais il la croyait, et c'était le plus important.

— Qu'espériez-vous en venant ici ? lui demanda-t-il enfin.

— À vrai dire, je ne sais pas trop. Je crois que je voulais juste informer Ross de ma grossesse. Après avoir fait le test, j'ai essayé de l'appeler, mais il ne répondait pas. J'ai donc cherché sur Internet le château dont il parlait et… Lorsque je l'ai rencontré, il ne portait pas d'alliance et il n'a rien dit qui aurait pu me laisser croire qu'il était en couple, et encore moins qu'il était père de famille.

— Je l'imagine tout à fait.

— Je ne suis pas venue ici dans l'espoir de vivre un conte de fées ni pour lui demander de m'épouser. Pour être honnête, je pensais même qu'il me mettrait à la porte. Cette conversation que j'ai avec vous va déjà au-delà de mes espérances !

À condition d'oublier que le frère de son interlocuteur était mort, évidemment.

— Pour exprimer les choses simplement, j'estimais qu'il était important d'informer Ross qu'il allait être père. En fait, je voulais simplement faire ce qui me semblait bien.

Pour être capable de se regarder dans le miroir le matin, elle avait besoin de savoir qu'elle s'était comportée de façon correcte.

Pas comme sa mère.

— Faire ce qui vous semblait bien ? répéta Cal avec un sourire désabusé.

Comme s'il existait une bonne façon de se conduire dans une situation aussi dramatique !

À la vérité, il ressentait de la pitié pour ce bébé qui allait naître dans une famille dotée d'un héritage aussi lourd et scandaleux. Ce petit n'avait vraiment pas de chance !

Ou alors, peut-être qu'il était plus chanceux que les autres, en fait ! Après tout, il n'aurait pas à grandir au château de Lengroth, au milieu des souvenirs et des obligations. Il ne devrait pas apprendre à mentir pour préserver la réputation du nom. Et, plus important encore, il aurait une mère, alors que les deux autres enfants de Ross en avaient été privés. Eux n'avaient que lui : un oncle incapable de prendre soin d'eux et qui risquait à tout moment de gâcher ce qui leur restait d'innocence.

Au moment où Ross l'avait désigné comme tuteur de ses enfants, il ne s'agissait pour lui que d'une simple formalité. De toute façon, qui d'autre aurait pu relever ce défi ? Qui d'autre connaissait suffisamment l'histoire de la famille Bryce pour essayer de réparer les erreurs du passé ou, au moins, masquer la vérité un peu plus longtemps ?

Heather Reid ne pouvait pas comprendre. Elle était apparemment une jeune femme honnête et bien sous tous rapports, elle n'avait pas hésité à voyager jusqu'au fin fond de l'Écosse pour faire ce qu'elle estimait être légitime.

Personne dans la famille n'aurait agi ainsi. Même pas Ross.

Enfin... Même si cette Heather avait l'air digne de confiance, il était hors de question de prendre d'emblée pour argent comptant l'innocence de ses grands yeux. Il savait par expérience que certaines personnes possédaient un vrai don pour le mensonge.

— Vous espériez qu'il vous soutiendrait financièrement ?

Sans doute était-ce la véritable raison de sa venue, au fond. Ross lui avait révélé qu'il vivait dans un château et elle s'était dit qu'il devait être riche.

— Ou alors qu'il vous payerait pour que vous ne révéliez rien à Janey ?

Il imaginait très bien Ross agir ainsi. C'était de cette manière que, depuis des générations, les hommes de la lignée Bryce dissimulaient leurs délits et leurs trahisons. Avec de l'argent.

Comment avait-il pu être assez naïf pour s'imaginer que Ross était différent ? Et pour avoir espéré que, Ross n'étant pas comme son père et son grand-père, lui-même aurait une chance de ne pas avoir hérité non plus de ce gène du scandale. Hélas, la réalité s'étalait à présent devant lui, prête à jeter le discrédit sur les Lengroth une bonne fois pour toutes. Car dissimuler les scandales, de nos jours, était devenu bien plus difficile avec l'avènement des réseaux sociaux.

Face à lui, Heather écarquilla les yeux, visiblement choquée par ses insinuations.

— Pas du tout ! s'indigna-t-elle. Je n'ai pas besoin d'argent, je gagne ma vie. Je suis enseignante, même si je ne fais pour le moment que des remplacements. Ce n'est peut-être pas très bien payé, mais c'est un métier qui me plaît et qui suffira à subvenir à mes besoins et à ceux de ce bébé. Donc, non, je n'attendais pas d'argent de la part de Ross. Comme je vous l'ai dit, j'imaginais qu'il me jetterait directement dehors.

— Mais vous êtes quand même venue…

— Mais je suis quand même venue.

Cal la dévisagea. Aussi étonnant que cela paraisse, elle avait l'air sincère. Toutefois, les gens avaient toujours l'air honnête avant de vous trahir.

Son regard glissa vers le canard en plastique resté entre eux sur le bureau.

— Il faut quand même que je vous demande…

— Ah… Le canard ? fit la jeune femme avec un sourire. Il est tombé dans les douves au moment où je montais l'escalier. J'ai pensé que ce n'était pas une bonne idée de le laisser dehors, alors je l'ai pris.

Daisy. Il était prêt à parier que c'était elle. Pour elle qui avait jeté un seau d'eau par la fenêtre de sa chambre, lancer un canard en caoutchouc était bien anodin.

Il repensa avec nostalgie à l'époque bénie où il prenait sa nièce et son neveu pour des enfants charmants et bien élevés, quand il vivait à des milliers de kilomètres de l'Écosse et ne les voyait que quelques jours par an.

— Comment pensez-vous que le canard soit arrivé dans les douves ? lui demanda-t-il.

Une idée venait de surgir à l'arrière de son cerveau. Il était tout à fait possible qu'elle soit mauvaise, mais il n'en avait pas d'autre.

— Je l'ignore.

Le sourire ironique d'Heather lui disait tout ce qu'il avait besoin de savoir. Tout d'abord, qu'elle savait exactement qui était responsable de la chute du canard dans les douves, mais qu'elle se refusait à dénoncer les enfants. Et, deuxièmement, qu'on lisait sur son visage à livre ouvert. Ce qui signifiait qu'il devait sans doute suivre le plan que son esprit venait d'élaborer. Après tout, s'il pouvait lire en elle, il saurait si elle s'apprêtait à faire quelque chose de stupide, comme vendre son histoire aux journaux à scandale, ou essayer de le faire chanter pour obtenir une grosse somme d'argent.

Daisy et Ryan avaient besoin de quelqu'un qui soit de leur côté, comme Ross avait été là pour lui lorsqu'il était enfant, et il avait l'intuition qu'Heather pouvait être cette personne.

Du moins, si elle disait oui.

— Vous êtes enceinte de ma nièce ou de mon neveu. Je suis le tuteur du demi-frère et de la demi-sœur de votre bébé. Il est clair que, quoi qu'il arrive, nos vies sont désormais liées.

— Si vous le dites…

Son manque d'enthousiasme était compréhensible. Lui non plus n'aurait aucune envie de faire partie de cette famille s'il avait le choix. D'ailleurs, aujourd'hui encore, il regrettait de porter ce nom. Hélas, il ne pouvait pas changer son ascendance. En revanche, il pouvait faire son possible pour que la jeunesse de Daisy et Ryan soit moins malheureuse que la sienne et celle de Ross. Cependant, il ne pouvait pas y arriver tout seul.

Il prit une grande inspiration et se força à sourire.

— J'ai une proposition à vous faire.

Une proposition ? Elle ne se souvenait que trop bien de ce qui s'était passé la dernière fois qu'un type portant le nom de Bryce lui avait fait une proposition.

Cependant, Cal semblait différent, et le moins qu'elle puisse faire était de l'écouter. Après tout, ce n'était pas comme si elle avait une idée précise de la voie à suivre. Tout ce qu'elle savait, c'était qu'elle devait trouver un moyen de gérer la situation sans faire honte à son père. Elle ne pouvait pas prendre le risque de provoquer un nouveau scandale.

Elle devait gérer la situation avec prudence et peut-être Cal pourrait-il l'aider sur ce point.

— Je vous écoute.

Son interlocuteur se pencha en avant, posa ses mains de part et d'autre du canard en plastique et la regarda droit dans les yeux.

— Je voudrais que vous restiez ici pour l'été et que vous vous occupiez de Daisy et Ryan, les enfants de Ross.

Elle aurait sans doute été moins surprise s'il lui avait proposé de monter avec elle une usine de canards en plastique. Abasourdie, elle écarquilla les yeux.

— Je suis… Enfin, je ne suis pas nounou.

— Non, je sais, vous êtes professeur. Ce qui veut dire que vous connaissez les enfants beaucoup mieux que moi. Daisy et Ryan ont dix et huit ans et ils sont complètement perdus. Ils ont besoin de quelqu'un qui connaisse les enfants et qui les aime. Je me dis que vous pourriez être cette personne. En plus, les professeurs ont de longues vacances d'été, non ?

Six semaines. Six semaines durant lesquelles elle devait planifier l'année scolaire à venir, préparer ses cours, acheter ses fournitures… Sauf qu'elle avait remplacé une enseignante en congé de maternité ces derniers mois et que, malgré la promesse du directeur, elle n'avait pour l'instant pas de nouveau poste en perspective. Donc pas de cours à préparer.

Elle repensa aux conditions que Cal lui avait exposées lorsqu'il la prenait pour mademoiselle Thomas.

« Vous restez six semaines ici, au château de Lengroth, vous préparez les enfants physiquement et psychologiquement à l'internat et, de mon côté, je vous paie l'équivalent d'une année complète de travail. Toutefois, si vous démissionnez avant la fin des six semaines, vous n'aurez rien », avait-il affirmé.

Cette offre tenait-elle toujours ? Un an de salaire, cela lui donnerait la sécurité dont elle avait besoin pour s'occuper de son bébé et d'elle-même, en attendant son prochain poste. Cela lui permettrait en outre d'annoncer la nouvelle de sa grossesse à son père à son rythme. Évidemment, il faudrait qu'elle lui avoue qu'elle avait eu une aventure avec un homme marié, mais peut-être que personne d'autre ne l'apprendrait. Apparemment, Cal ne semblait pas avoir envie de le crier sur les toits. Il y aurait des discussions à la maison, bien sûr, mais son histoire à elle était très différente de celle de sa mère.

En plus, si elle avait de l'argent, elle aurait de quoi se retourner dans le cas où les choses tournaient mal. Elle pourrait partir quelques mois, le temps que la situation se calme. Son père pourrait même l'accompagner, pourquoi pas au pays de Galles, là où ils passaient leurs vacances quand elle était petite.

Finalement, la proposition de Cal présentait des avantages certains.

— Quelles seraient les conditions ? demanda-t-elle.

C'était sûr, elle n'avait pas spécialement envie de passer l'été en Écosse. Non qu'elle ait quoi que ce soit contre cette région en particulier, mais elle n'était pas d'ici. Elle n'avait rien à faire dans ce sinistre château, avec des enfants qui jetaient des canards en plastique sur les visiteurs.

Toutefois, si elle-même répugnait à vivre dans ce lieu lugubre, que devait-il en être des deux enfants ? Eux qui avaient grandi ici, eux qui venaient de perdre leurs parents...

— Les mêmes que celles que je vous ai exposées quand je croyais que si vous étiez envoyée par l'agence. Par ailleurs, personne d'autre que nous n'a besoin de savoir que vous n'êtes pas du tout une nounou. Je pense même qu'il serait préférable de ne rien dire pour l'instant.

Elle répondit d'un vague signe de la tête. Serait-ce vraiment mieux, en réalité ? Elle savait le mal que pouvaient causer les mensonges.

Cependant, dans ces circonstances, avait-elle le choix ?

— Vous resteriez six semaines et prépareriez les enfants pour la pension. J'ai un dossier avec les détails quelque part...

Enfin, c'est peut-être Mme Peterson qui l'a. Bref, si vous acceptez ma proposition, je vous verserai un an de salaire, non pas parce que vous m'aurez fait chanter ou parce que mon frère vous a causé des ennuis, mais parce que vous l'aurez mérité.

Ces enfants étaient-ils vraiment si diaboliques ?

Au moins, ils n'étaient que deux. Deux enfants devaient être plus faciles à gérer que trente-quatre élèves, non ? Mais enseigner était une chose et vivre avec des enfants et les aider à faire face à des transformations importantes dans leur vie en était une autre. Elle allait devoir apprendre au jour le jour à gérer tout cela, maintenant qu'elle s'apprêtait à devenir mère.

— J'imagine que je n'ai pas tellement le temps de réfléchir avant de vous donner ma réponse.

— Autant dire oui maintenant ! Mais si vous partez demain ou après-demain, personne ne vous en voudra. La dernière nounou n'a tenu que quarante-huit heures.

— Vous ne me donnez pas beaucoup de raisons d'accepter.

— Je sais, soupira-t-il. Je ne vais pas vous mentir, ces enfants sont difficiles. Je ne les comprends pas et je pense qu'ils ne veulent même pas être compris. Sans compter qu'on raconte que le château est hanté, mais d'ici Halloween, vous serez loin, alors vous n'avez pas d'inquiétudes à avoir.

— Je ne crois pas aux fantômes.

Les raisons d'avoir peur dans le monde réel étaient suffisamment nombreuses pour ne pas y ajouter des craintes imaginaires.

— C'est encore mieux, répondit-il en souriant pour la première fois.

Il avait l'air plus jeune quand il souriait. Et il était encore plus beau.

— Le fait est que, si vous restez, cela vous permettra de connaître un peu la famille de votre bébé. Et, nous, nous pourrons apprendre à vous connaître. À vous, ensuite, de décider si vous ne voulez plus rien avoir à faire avec nous ou si, au contraire, vous voulez entretenir des liens, mais au moins, vous aurez les informations nécessaires pour prendre cette décision. Et je pourrai vous aider financièrement.

— Personne d'autre ne saura la véritable raison de ma présence ? Pour le moment, vous êtes le seul à savoir, pour le bébé.

— Je ne dirai rien, promis.

Elle réprima un soupir de soulagement. Six semaines. Elle aurait six semaines pour décider ce qu'elle voulait faire de sa vie. Six semaines pour trouver comment avouer à son père qu'elle avait fait une bêtise, pour s'armer contre sa déception et sa colère.

Elle avait passé son enfance à subir les commérages dans leur petit village. Ici, elle pourrait être anonyme.

Six semaines.

Cela ne devrait pas être si difficile !

— C'est d'accord. J'accepte.

# 3.

Sitôt la réponse positive obtenue, Cal décrocha le téléphone et appela Mme Peterson.

— Elle reste ? lui demanda la gouvernante sans préambule. Ou dois-je rappeler le taxi ? Vous savez que Harris déteste être dérangé à l'heure de sa sieste.

La dernière jeune femme n'avait même pas attendu Harris, l'unique chauffeur de taxi du village de Lengroth. Elle avait préféré parcourir les cinq kilomètres à pied plutôt que de demeurer une minute de plus dans le château maudit.

— Mlle Reid reste avec nous, répondit-il sans dissimuler sa satisfaction.

— Reid ? s'étonna Mme Peterson. Ce n'est pas Thomas ?

*Zut !* Il n'était décidément pas doué pour les mensonges... Il ferait bien de s'y mettre rapidement s'il voulait réussir à faire passer la maîtresse enceinte de son frère décédé pour la nounou des enfants.

— Apparemment, il y a eu un petit malentendu avec l'agence. Notre nouvelle nounou s'appelle Heather Reid.

— Peu importe, il y a bien longtemps que j'ai arrêté d'apprendre leurs noms, maugréa la gouvernante. L'agence s'est-elle également trompée sur l'heure de l'entretien ?

— Oui, répondit-il en mentant. En fait, Mlle Reid avait même quinze minutes d'avance.

— Si vous le dites...

De l'autre côté du bureau, Heather souriait, comme si ses tentatives pour berner la gouvernante l'amusaient. Il fut tenté de lui lancer le canard en plastique à la figure afin qu'elle cesse ses moqueries, mais il se retint. Il ne devait surtout pas l'effrayer. Il avait besoin d'elle.

— Si vous pouviez faire visiter le château à Mlle Reid et la présenter aux enfants…

— Comme vous voulez, soupira la vieille dame à l'autre bout du fil.

— Mme Peterson n'apprécie pas les nounous ? demanda Heather quand il raccrocha.

— À vrai dire, les dernières en date n'ont rien fait pour rentrer dans ses bonnes grâces, mais Mme Peterson est un amour quand on la connaît bien, je vous le promets.

Visiblement sceptique, Heather hocha la tête.

La gouvernante arriva quelques secondes plus tard.

Heather lui adressa un large sourire et affirma qu'elle avait hâte de faire la connaissance des enfants et de découvrir le château.

— Nous verrons combien de temps cela durera, murmura Mme Peterson d'un ton sinistre.

Une fois les deux femmes sorties du bureau, il se laissa retomber sur son fauteuil avec un soupir. Il avait encore tant de questions à régler…

Au rayon des points positifs, il avait trouvé quelqu'un pour s'occuper de Daisy et de Ryan, ce qui lui laisserait le temps de tenter de réparer toutes les erreurs que son frère avait commises avant sa mort.

Au rayon des points négatifs, cette jeune femme était enceinte de l'enfant de Ross, ce qui faisait d'elle un scandale potentiel. Il n'imaginait pas Heather se précipiter dans les rédactions pour vendre l'histoire de sa grossesse au plus offrant, mais il était bien placé pour savoir que les apparences pouvaient parfois être trompeuses. Au moins, maintenant qu'il l'avait embauchée, il pourrait la surveiller jusqu'à ce qu'il soit sûr de ses motivations.

Mais le bébé était un Bryce, il en avait la certitude. Un

autre neveu ou une autre nièce qu'il ne saurait pas comment aimer… Comment pouvait-il aimer alors qu'il n'avait aucune expérience de famille aimante, ni même de relation amoureuse épanouissante ? C'était impossible.

— Ton cœur est aussi froid qu'un hiver écossais, lui avait dit sa dernière petite amie avant de le quitter.

Elle n'avait peut-être pas tort, mais ce n'était pas le problème. Le problème, aujourd'hui, c'étaient les actes de Ross et leurs conséquences.

Avec lassitude, Cal attrapa un dossier posé sur le coin du bureau en repoussant le canard posé dessus.

La dernière folie de son grand frère…

Les comtes de Lengroth n'avaient jamais été doués pour gérer leur argent. L'entretien du château était coûteux mais, heureusement, le domaine restait encore assez lucratif grâce aux terres louées. En tout cas, c'était le cas lorsqu'un gestionnaire compétent était aux commandes.

Ross, cependant, semblait croire qu'il pouvait tout faire lui-même. Ou peut-être estimait-il que c'était son devoir, et en même temps un moyen de protéger ses secrets. En tout cas, sa principale activité, ces dernières années, avait consisté à dépenser sans compter les revenus du domaine.

Cal ferma les yeux un instant et tenta d'imaginer son grand frère, qu'il pensait parfait, à une table de jeu en train de dilapider l'héritage de ses enfants, ou dans un bar londonien, en train de séduire Heather Reid.

Il n'avait aucun mal à visualiser ce dernier scénario. Avec sa chevelure cuivre et ces doux yeux verts, Heather devait attirer les regards de tous les hommes, même dans la pénombre d'un bar.

Il rouvrit les yeux et se reprit. À quoi bon se torturer au sujet du passé ? Mieux valait se concentrer sur l'avenir.

Déterminé, il ouvrit le dossier.

Il avait réglé la plupart des dettes de jeu de son frère. Il aurait pu utiliser l'argent de la succession, il le savait, mais c'était celui des enfants et il refusait que son neveu et sa nièce soient ruinés avant même leur majorité à cause des erreurs de leur père. Heureusement, ses activités immobilières aux États-Unis étaient suffisamment rentables pour que sa fortune personnelle lui permette de rembourser les dettes de son frère. Et tant pis si son comptable n'était pas content !

Le plus problématique à gérer, c'étaient ces situations dans lesquelles Ross avait clairement utilisé son titre et sa petite célébrité pour tenter d'impressionner ses interlocuteurs, et sans doute gagner quelques sous. Sinon, comme expliquer le document qui se trouvait en haut de la pile, ce courriel envoyé par le rédacteur en chef d'un magazine.

— Pourquoi diable Ross avait-il invité un journaliste à venir séjourner au château ? se demanda-t-il à haute voix.

Il n'y avait qu'une seule façon de le savoir, appeler le rédacteur en chef en question. Avec un peu de chance, maintenant que Ross était mort, le journaliste renoncerait à son projet.

Elle avait laissé le canard en plastique dans le bureau de Cal. Elle s'en rendit soudain compte tandis que Mme Peterson lui faisait visiter une nouvelle pièce qui, comme toutes les autres, était décorée en vert et en gris. Elle aurait dû le prendre avec elle, soit comme un gage de paix pour les enfants, soit comme un signe qu'elle ne se laissait pas intimider par des jouets de bain volants.

Intimidée, elle l'était pourtant, et pas uniquement par le canard en plastique.

Trente-quatre enfants dans une classe, c'était une chose. Deux enfants seuls dans un château, hanté de surcroît, en était une autre, très différente.

La nausée la gagna à nouveau.

Bon sang, ce château ne comportait-il pas de salle de bains ? Elle n'avait pas l'impression que Mme Peterson lui en ait déjà montré une.

— Et voici votre chambre, annonça enfin la gouvernante en ouvrant la porte d'une chambre peinte en gris et meublée d'un simple lit en métal recouvert d'un couvre-lit en tartan vert et gris.

Une chaise était installée près de la fenêtre surplombant l'escalier d'accès au château.

Était-ce par cette fenêtre que Daisy avait jeté le canard ?

— Y a-t-il une salle de bains ?

Sans attendre de réponse, elle entra dans la chambre à coucher et chercha une porte qui aurait pu mener à une salle de bains.

— Oui, au bout du couloir, lui répondit la gouvernante. Le château de Lengroth a été construit avant la mode des salles de bains attenantes.

Le château de Lengroth avait été construit avant même l'arrivée de la plomberie, du chauffage central, de l'électricité et du wi-fi. Il ne restait plus qu'à espérer que le confort moderne avait été ajouté depuis.

— Au bout du couloir… Très bien !

Elle posa son sac à dos à côté du lit et se tourna vers Mme Peterson.

— Peut-être pourrions-nous aller voir les enfants maintenant ? suggéra-t-elle d'une voix qu'elle voulait enjouée.

La gouvernante la dévisagea d'un air circonspect. Apparemment, elle n'était pas dupe de son enthousiasme forcé.

— Après tout, je suis la nouvelle nounou. Je suis ici pour eux.

Et pas parce qu'elle portait leur demi-frère ou leur demi-sœur.

Elle baissa les yeux, mal à l'aise. Décidément, elle avait du mal à mentir. Dans ce domaine, elle tenait de son père bien plus que de sa mère.

— Les chambres des enfants sont là-bas, finit par répondre Mme Peterson.

Ses talons claquèrent sur les dalles de pierre tandis qu'elle remontait le couloir pour aller s'arrêter une dizaine de mètres plus loin, devant la porte suivante.

Rassemblant tout son courage, Heather la suivit.

— Les enfants, je vous présente Mlle Reid, votre nouvelle nounou !

La gouvernante avait parlé d'un ton presque… presque affectueux, remarqua Heather, surprise. Étant donné ce qu'elle savait des enfants, c'était étonnant. À moins qu'il ne s'agisse d'une nouvelle ruse, d'un plan diabolique visant à endormir les nouveaux venus avant de les chasser du château.

La vision d'une Mme Peterson cachée sous un drap blanc, se faisant passer pour un fantôme tandis que Daisy et Ryan lançaient des canards en caoutchouc sur une armée de nounous l'envahit, et elle en oublia presque de saluer les enfants. Elle chassa vite cette image et se reprit.

— Bonjour. Je m'appelle Heather et, vous, vous devez être Daisy et Ryan.

— Elle ne ressemble pas aux autres, marmonna le petit garçon en la détaillant avec suspicion.

Lui, en revanche, ressemblait tant à son père et à son oncle qu'un élan de sympathie la gagna.

— Peut-être parce que je vais rester plus longtemps qu'elles.

— Daisy, viens dire bonjour à Mlle Reid.

La fillette était installée sur le banc devant la fenêtre surplombant l'escalier raide qu'elle avait escaladé pour atteindre le château. Lorsqu'elle tourna enfin la tête dans sa direction, elle la foudroya du regard.

— Une nounou, ça ne porte pas une robe à fleurs. Ni des sandales !

— Eh bien moi, si !

Ces enfants allaient devoir s'habituer à la voir avec cette robe, vu qu'elle n'avait pas apporté grand-chose d'autre dans son petit sac à dos. Une seule tenue de rechange, son chargeur de téléphone et… Il faudrait qu'elle demande à Cal si son généreux contrat prévoyait une subvention pour l'achat de vêtements.

— Je vous laisse avec les enfants, lança soudain la

gouvernante de la voix qu'elle aurait sans doute utilisée pour lui annoncer qu'elle la laissait avec les lions et espérait que ceux-ci ne la dévoreraient pas. Le dîner est servi à 18 heures dans la salle à manger.

— Très bien.

Mme Peterson partie, Heather croisa les bras et regarda les enfants. Ceux-ci la fixaient, attendant à l'évidence qu'elle craque la première. Ils avaient peut-être réussi à faire fuir huit nounous mais, elle, ils ne la briseraient pas.

Ils ne la briseraient pas parce qu'elle savait une chose qu'ils ignoraient.

Ils appartenaient à la même famille.

Ou, du moins serait-ce le cas après la naissance du bébé. Et, si elle avait retenu une leçon de son enfance chaotique, c'était qu'on ne fuyait pas sa famille !

— Bon. Puisque Mme Peterson m'a fait visiter l'intérieur du château, si vous me faisiez visiter l'extérieur ?

— Vous voulez qu'on aille dehors ? lui demanda Daisy, suspicieuse.

— Oui. J'ai vu une belle forêt en arrivant, j'ai très envie de l'explorer.

Elle vit Daisy bouger ses sourcils comme si elle tentait de faire passer un message silencieux à son frère.

— En plus, je crois savoir qu'il y a des canards assez inhabituels qui nagent dans les douves du château.

À ces mots, Ryan étouffa un petit rire. Daisy lui lança un regard noir d'une telle intensité que Heather eut l'impression qu'elle avait des rayons laser à la place des yeux.

— C'est l'été, ajouta la jeune femme. Il fait trop beau pour rester enfermés !

La salle à manger du château de Lengroth était immense, glaciale, humide et quasiment vide. Installé à table, Cal fixa les sièges vacants disposés autour de lui. En fermant les yeux, il pouvait revoir les dîners de gala organisés par ses parents, lorsqu'il était enfant, du temps où les légendaires colères de son père n'avaient pas encore fait fuir les invités potentiels.

Il chassa ce souvenir et revint au présent. Il attendait sa nièce, son neveu et leur nouvelle nounou.

— Le dîner est en train de refroidir, fit remarquer Mme Peterson d'un air bougon.

Derrière ce commentaire, il devinait les questions que se posait la gouvernante. Qui était donc cette Mlle Reid ? Pourquoi était-elle ici ? Et, plus important encore, qu'avait-elle fait des enfants ?

— Ils ne vont pas tarder, j'en suis sûr. Mlle Reid me semble être une jeune femme très responsable.

À condition d'oublier qu'elle partageait son lit avec des comtes mariés et pères de famille rencontrés dans des bars londoniens.

— Et ses références sont impeccables.

N'était-elle pas pratiquement de la famille ?

Visiblement peu convaincue par ses arguments, Mme Peterson haussa les épaules.

Au même instant, il entendit la lourde porte d'entrée du château s'ouvrir.

— Désolée pour le retard, cria Heather de l'entrée.

— Les voilà de retour, se félicita Cal. Vous voyez, il n'y avait aucune raison de s'inquiéter.

Pour toute réponse, la gouvernante leva les yeux au ciel.

— Je suis confuse, s'exclama Heather en franchissant la grande porte à deux battants de la salle à manger.

Ce n'était pas la plus proche de l'entrée du château et cela signifiait que, comme d'habitude, Ryan s'était amusé à désorienter la nouvelle nounou.

En voyant apparaître les deux enfants et leur nounou, Cal demeura bouche bée, tandis que, derrière lui, Mme Peterson esquissait une grimace de dégoût.

Le pull d'Heather était trempé et sa robe couverte de boue.

En comparaison, Daisy et Ryan étaient, pour leur part, étonnamment propres.

Cal dévisagea son neveu et sa nièce qui semblaient faire leur possible pour conserver un air innocent. Le regard d'Heather, en revanche, lui paraissait très déterminé. À l'évidence, il fallait davantage qu'une chute dans la rivière pour effrayer cette jeune femme. Car c'était ce qui lui était arrivé, il était prêt à le jurer.

C'était également arrivé à la nounou numéro trois.

Sur un petit tronçon, le pont n'atteignait pas tout à fait la rive opposée depuis que la rivière avait gonflé et fait éclater le bois, l'hiver dernier. Pour traverser à cet endroit sans se mouiller, il suffisait de marcher sur des pierres, à condition de savoir où regarder. Un manque d'attention, causé par exemple par les cris d'un enfant, et vous terminiez dans la boue.

— Mademoiselle Reid, peut-être aimeriez-vous vous rafraîchir avant le dîner ? suggéra Mme Peterson, comme si Heather avait juste besoin de se poudrer le nez.

Ryan pouffa tandis que Daisy, comme toujours, demeurait imperturbable. Elle était bien la fille de sa mère ! Il n'avait jamais vu Janey autrement que calme et sereine et pourtant, elle devait être au courant de la vie dissolue que menait Ross.

— Merci, répondit Heather. Je ne serai pas longue. Les enfants, si vous veniez avec moi ? Nous allons tous nous changer pour le dîner.

— Mais on n'est pas sales, nous ! protesta Ryan.

Le petit garçon n'avait pas mangé depuis le déjeuner, il devait mourir de faim.

— Il y a toutes sortes de germes dans la forêt. Il faut absolument se laver avant de manger.

— Mais le dîner va refroidir, ronchonna Daisy.

Heather la regarda avec un air faussement navré.

— Je sais et je suis vraiment désolée. Je suis tellement maladroite que j'ai glissé dans la boue. Si j'avais su que le pont n'allait pas jusqu'à la rive opposée, nous n'aurions pas été en retard pour le dîner.

Elle se tourna vers Mme Peterson.

— Tout est ma faute, je suis navrée, reprit-elle à son intention. Les enfants et moi devons vraiment nous laver avant le dîner, alors ne nous attendez pas. Commencez sans nous !

Elle sortit de la salle à manger sans attendre de réponse, accompagnée des enfants, et Cal esquissa un sourire. Finalement, l'été se déroulerait peut-être bien mieux qu'il l'avait envisagé.

— Un point pour cette Mlle Reid, zéro pour Daisy et Ryan ! murmura Mme Peterson.

Amusé, il leva les yeux vers la gouvernante. Elle aussi souriait.

# 4.

Le bain obligatoire avant le dîner ne l'avait sans doute pas rendue très populaire aux yeux des enfants, ni à ceux de Cal et Mme Peterson qui avaient dû les attendre pour dîner, mais elle n'en avait cure. Elle avait survécu à sa chute dans l'eau boueuse et, en plus, elle avait démontré aux enfants que leurs actes avaient des conséquences.

Contrairement à ses craintes, la plomberie fonctionnait parfaitement et, après une bonne douche chaude, elle alla retrouver les enfants.

— Vous êtes propres, c'est très bien ! les félicita-t-elle. Il ne vous reste plus qu'à mettre vos vêtements sales dans le panier à linge, et nous pourrons tous aller dîner.

Surpris, les enfants obéirent à contrecœur, puis ils prirent tous trois la direction de la salle à manger.

Heather pensait que Cal serait parti, mais elle le trouva encore attablé, en compagnie de Mme Peterson. Apparemment, ils les avaient attendus pour commencer.

Elle regarda son hôte la dévisager. Sans doute trouvait-il qu'elle n'avait pas l'air beaucoup plus âgée que Daisy, avec ses cheveux tressés. Elle les avait attachés car ils n'avaient pas eu le temps de sécher et que, même en plein été, le château était glacial.

Elle se glissa sur la chaise la plus éloignée de lui et regarda les enfants s'installer sans protester. Peut-être étaient-ils épuisés après avoir fourni tant d'effort pour la fatiguer cet après-midi.

Ou peut-être économisaient-ils leur énergie de façon à lui en faire voir de toutes les couleurs le lendemain.

Mme Peterson leur servit une tourte à la viande et un plat de légumes. Heather vit Daisy donner sa viande à son frère en échange de ses légumes, mais elle ne fit aucune remarque. Tous deux mangeaient avec appétit, c'était le plus important.

La gouvernante apporta ensuite du *pudding* accompagné de crème pâtissière. Cal et les enfants dévorèrent leurs assiettes, mais pas elle. L'odeur de ce dessert lui donnait une nouvelle fois la nausée. Discrètement, elle repoussa son bol en priant pour que Mme Peterson ne soit pas vexée. Mais sans doute la gouvernante le serait-elle encore plus si elle vomissait dans son assiette !

Elle eut ensuite toutes les peines du monde à réprimer un bâillement. Dieu, qu'elle était fatiguée ! Cette journée avait été beaucoup plus longue que prévu. Elle n'avait pas encore eu le temps de digérer tous les événements intervenus depuis son arrivée, et sans doute ne pourrait-elle pas y réfléchir ce soir non plus. Il faudrait qu'elle couche les enfants, et elle ne les imaginait pas aller au lit sans protester.

Cal la regardait, remarqua-t-elle soudain en relevant les yeux. Non, il ne la regardait pas, il l'étudiait. Pourquoi ?

— Madame Peterson, proposa-t-il soudain, comme Mlle Reid s'est déjà occupé de la toilette des enfants, peut-être pourriez-vous vous charger de les coucher ce soir ? J'ai quelques points à voir avec Mlle Reid.

Heather se réjouit : c'était là un programme qui lui convenait parfaitement !

Elle le remercia d'un sourire tandis que Mme Peterson faisait sortir les enfants de la salle à manger.

— Vous avez l'air épuisée, lui fit -il remarquer lorsqu'ils furent seuls.

Elle hocha la tête. À quoi bon nier l'évidence ?

— Allez, venez dans mon salon ! J'ai besoin d'un cognac et vous pourrez boire… Autre chose, une boisson non alcoolisée.

Étant donné ce qui s'était passé la dernière fois qu'elle avait bu, mieux vaudrait sans doute qu'elle renonce à l'alcool à tout jamais, et pas seulement le temps de sa grossesse.

Contrairement au reste du château, le petit salon de Cal était chaleureux et confortable. Sans attendre qu'il le lui propose, elle alla se blottir dans un fauteuil près de la cheminée.

Cal lui tendit un verre avant de se servir un cognac.

— De l'eau de sureau. C'est Mme Peterson qui la fait.

Heather y trempa ses lèvres.

— C'est délicieux ! dit-elle.

— C'est meilleur avec du champagne, c'est sûr, mais vu les circonstances… À propos, que s'est-il passé à la rivière ? J'aurais dû vous le demander avant mais… Voulez-vous que je vous conduise à l'hôpital pour vérifier que le bébé va bien ?

Il manifestait là une inquiétude inattendue qui la touchait.

— C'est gentil, mais j'ai juste glissé, je ne me suis pas fait mal. Ma chute était surtout embarrassante, ce qui était, j'imagine, le but recherché par les enfants.

— Probablement. Donc, pas besoin d'aller aux urgences ?

— Non, c'est bon.

Une pensée lui traversa soudain l'esprit, et elle fronça les sourcils.

— En revanche, je vais devoir m'occuper du suivi de ma grossesse : voir une sage-femme, prendre rendez-vous pour une échographie…

Elle n'avait pas pensé à ces questions pratiques lorsqu'elle avait accepté la proposition de Cal.

— Cela veut dire que vous…

— Que je…

— Que vous restez ?

Que ferait-il si elle disait non maintenant ? Il n'en avait pas la moindre idée. Bien sûr, elle avait déjà accepté, mais c'était avant de connaître les enfants. Un après-midi avec Daisy et Ryan sous le regard réprobateur de Mme Peterson l'avait peut-être dissuadée de continuer.

Toutefois, si elle pouvait supporter un bain de boue avec le sourire, elle serait peut-être assez forte pour tenir le coup pendant six semaines ? Pour être honnête, elle semblait déjà mieux gérer les enfants au bout d'un après-midi que certaines des nounous précédentes après une semaine entière.

Heather était la bonne personne pour cette mission, il le sentait. Et pas seulement parce que son secret était une bombe à retardement.

Il releva la tête. Elle n'avait toujours pas répondu. C'était mauvais signe, non ?

Au bout de plusieurs secondes qui lui parurent interminables, elle acquiesça enfin, et il laissa échapper le souffle qu'il retenait.

— Je reste, confirma-t-elle. Ce qui veut dire que nous devons maintenant régler plusieurs questions.

— Je peux vous donner les coordonnées de notre médecin de famille, si vous voulez. Il s'occupe des Bryce depuis des décennies.

Et il sait garder leurs secrets, eut-il envie d'ajouter, mais il se retint.

— Il s'occupera bien de vous, conclut-il.

— Pourquoi pas ? Le plus important est de programmer l'échographie des douze semaines. Je vais devoir la faire dans l'hôpital le plus proche, à condition qu'il dispose d'une maternité. C'est…

— Celui d'Édimbourg, répondit Cal, soudain satisfait de l'éloignement et du manque d'installations médicales à Lengroth.

Au moins, à Édimbourg, il ne risquait pas d'être reconnu.

— Nous demanderons au docteur Harvey de prendre le rendez-vous pour vous et je vous emmènerai en ville pour l'examen.

— Merci.

Elle semblait surprise de sa sollicitude.

— C'est la moindre des choses, ajouta-t-il. De quoi d'autre avez-vous besoin ?

— De vêtements. Sans doute de vêtements de grossesse assez rapidement. Et puis, de matériel pédagogique pour les enfants. Ont-ils des ordinateurs portables ? Je n'ai pas apporté le mien, or il serait bon de leur faire passer des tests en ligne pour connaître leur niveau.

— Les tests en ligne permettent-ils de noter les bêtises ? Parce que, si c'est le cas, je peux vous assurer qu'ils auront d'excellentes notes.

— Je pense qu'ils cherchent à attirer l'attention et qu'à force de se conduire ainsi ils ne savent plus faire autrement.

— Vous allez donc les remettre dans le droit chemin.

— Je vais essayer. Enfin… Vous et moi allons essayer de les remettre dans le droit chemin.

Il fronça les sourcils et reposa son verre.

— J'espère que vous vous souvenez de notre accord, mademoiselle Reid.

— Vous n'avez pas besoin de m'appeler ainsi. Surtout quand Mme Peterson n'écoute pas !

— Comme vous voulez. Donc, Heather, notre accord…

— Je passe les six prochaines semaines à préparer les enfants à l'horrible pensionnat dans lequel vous voulez les enfermer à la rentrée et, en contrepartie, vous me donnez beaucoup d'argent.

— Malgré ce que vous pouvez penser, ce pensionnat n'est pas une prison. Au contraire, même, la Derryford Academy est l'un des pensionnats les plus réputés du pays. Ross et moi y avons fait nos études.

Pour toute réponse, elle marmonna quelques mots incompréhensibles, et il en profita pour continuer.

— C'est justement parce que c'est une très bonne école que j'ai besoin de vous ici. Je veux m'assurer que les résultats scolaires des enfants seront à la hauteur. Ils ont déjà suffisamment de retard. Ross voulait les envoyer là-bas dès la première année, mais Janey avait insisté pour les garder à la maison, alors…

Il s'interrompit, perplexe. Heather le fixait avec un regard particulier. Était-ce… Était-ce de la douleur qu'il apercevait dans ses prunelles ?

— Étiez-vous amoureuse de mon frère ?

Si elle l'avait été, il ne pouvait qu'imaginer à quel point la situation devait être douloureuse pour elle. Elle avait prétendu que c'était une aventure d'un soir, mais les gens mentaient, il le savait bien. Et peut-être s'agissait-il en réalité d'une relation sérieuse et n'avait-elle pas voulu le lui avouer.

— Bien sûr que non ! rétorqua-t-elle, visiblement choquée par la question. Je vous l'ai dit, nous n'avons passé qu'une nuit ensemble. Je le connaissais à peine.

— Vous aviez pourtant l'air triste.

— Je n'étais pas amoureuse d'un homme que je venais de rencontrer, non. En fait, si je l'avais mieux connu, je ne l'aurais jamais accompagné dans sa chambre d'hôtel cette nuit-là. Si j'avais su qu'il était marié, qu'il avait des enfants…

Elle frissonna et il comprit qu'il avait mal lu en elle. Avec cette femme, il se trompait toujours, alors que, d'habitude, il s'enorgueillissait d'être apte à déceler les mensonges de ses interlocuteurs en toutes circonstances. Qu'est-ce qui rendait Heather si différente ?

Elle ne lui mentait pas, voilà tout.

— Ça me fait mal pour sa femme et pour ses enfants, c'est tout. J'aurais dû lui poser plus de questions avant de le suivre. Cette erreur va me hanter pendant longtemps.

— À cause du bébé ?

En fait, il était étonné et avait envie de comprendre. Comment cette femme pouvait-elle être si spontanée avec lui, si honnête sur ses sentiments et son comportement ? Il n'avait pas l'habitude que l'on agisse ainsi avec lui.

Elle secoua la tête et le sourire éclatant qui illumina son visage allégea d'un coup l'atmosphère pesante de la pièce.

— Ce bébé est la meilleure chose qui soit sortie de cette nuit-là. Et, quelles que soient les bêtises que j'ai commises pour en arriver là, je sais qu'un enfant n'est jamais une erreur. C'est une nouvelle vie, une nouvelle chance de bonheur, pour elle ou lui, et peut-être même pour moi.

Incrédule, il croisa les bras et la dévisagea.

— Vous vous rendez compte que vous n'êtes pas comme les autres, n'est-ce pas ?

Elle fronça les sourcils.

— Je ne comprends pas…

Non, elle ne comprenait pas, parce qu'elle était ainsi : ouverte, honnête, sans fard.

— Peu importe. Ce qui compte, c'est que vous restiez et que vous prépariez les enfants pour l'école.

Mieux valait se concentrer sur les questions importantes, au lieu de perdre son temps à essayer de donner un sens au « coup d'un soir » de son frère. Mieux valait surtout trouver une solution pour que ce satané journaliste du magazine Elite ne s'approche pas de Lengroth.

La conversation qu'il avait eue avec le rédacteur en chef n'avait pas été très encourageante. Ce dernier comptait demander à ses avocats d'examiner le contrat, mais il lui avait fait clairement comprendre qu'a priori rompre cet engagement pris par son frère allait lui coûter très, très cher.

Il secoua la tête. Il gérerait ce problème plus tard, même s'il était conscient que la présence de Heather risquait de l'aggraver. Si un journaliste débarquait au château et y trouvait une femme qui portait l'enfant illégitime de feu le comte, la situation deviendrait catastrophique. C'était bien la dernière chose dont il avait besoin

— Vous allez bien ?

La voix inquiète de Heather le tira de ses pensées. Mal à l'aise, il se passa une main sur le visage.

— Oui, oui, désolé… J'ai juste beaucoup de choses en tête. Je suis en train de gérer une foule de problèmes laissés par Ross.

— Dans ce cas, je vais vous laisser. Je veux me coucher tôt pour être en forme demain. J'ai l'impression que je vais avoir besoin de toute mon énergie pour commencer à faire travailler les enfants.

Elle lissa la robe d'été qu'elle portait cette fois sous son petit gilet. Sa grossesse n'était pas encore visible. Le serait-elle à la fin de l'été ? Il l'ignorait. Si, comme elle l'avait dit, elle était enceinte de dix semaines, elle en serait à quatre mois et demi en septembre. Avec un peu de chance, il verrait plus clair à ce moment-là. Mais pour l'instant…

— Je vais vous commander des ordinateurs portables à tous les trois. Et je vous fournirai également une carte de crédit pour que vous puissiez commander les vêtements dont vous avez besoin et toutes les fournitures scolaires…

— Merci. C'est très gentil.

Il fixerait un plafond important à la carte, décida-t-il en gagnant son bureau, et il vérifierait comment elle gérait l'argent. S'il voyait qu'elle dépensait à tort et à travers, il serait fixé sur ses intentions. Et dans le cas contraire, ce serait peut-être la preuve qu'il avait trouvé la perle rare, une femme vraiment différente de tous les individus qu'il avait croisés au cours de sa vie.

Heather se réveilla en sursaut au son de cris aigus et déchirants. Clignant les yeux, elle tenta de se rappeler où elle était, ce qui se passait à cette heure de la nuit et qui pouvait crier…

*Daisy !*

Elle repoussa les couvertures et se leva d'un bond pour courir jusqu'à la chambre de l'enfant. Ryan était là, debout sur le lit, les mains sur les oreilles.

— Daisy ! Daisy !

Il n'était pas recommandé de réveiller une personne plongée dans un cauchemar, elle le savait, mais elle n'en secoua pas moins la fillette, d'abord doucement, puis un peu plus fort. Daisy ouvrit les yeux.

— Tu n'as pas le droit d'être dans ma chambre après l'extinction des feux !

Daisy parlait à son frère comme si elle venait de se réveiller après une petite sieste reposante.

Heather jeta un rapide coup d'œil à Ryan qui haussa les épaules.

— Elle fait toujours ça.

Quoi ? Crier ? Faire des cauchemars ?

— Tu criais. Tu as fait un mauvais rêve ?

— Non, répondit Daisy d'un ton sec.

À l'évidence, elle mentait.

— Tu ne veux pas en parler ?

Daisy se retourna face au mur, tira la couverture jusqu'au menton et referma les yeux.

— Non. Laisse-moi tranquille. Je veux dormir.

Heather attendit quelques minutes. Daisy ne bougeait pas. À sa respiration, on devinait qu'elle ne s'était pas rendormie, mais elle était assurément assez têtue pour persister à faire semblant. Mieux valait sans doute la laisser.

Heather fit signe à Ryan de la suivre, et ils gagnèrent la chambre de l'enfant. Une fois la porte refermée derrière eux, elle lui sourit.

— Viens, je vais te border.

C'était la première fois qu'elle était seule avec Ryan, sans la surveillance discrète de Daisy. Peut-être pouvait-elle en profiter.

— Ta sœur fait souvent des cauchemars ?

— Oui, presque toutes les nuits, mais elle ne crie pas toujours. Parfois, elle gémit. Dans ce cas, je m'allonge dans son lit, à côté d'elle, et elle se calme.

Ces pauvres enfants ! Orphelins depuis peu, vivant dans un château sinistre avec une gouvernante qui ne souriait pas beaucoup et un oncle qui n'attendait qu'une chose : pouvoir les envoyer en pension.

Cal craignait qu'ils n'aient pas le niveau scolaire pour être acceptés à la rentrée prochaine. De son côté, elle s'inquiétait plutôt pour leur bien-être mental.

— Et toi aussi, tu fais des cauchemars, parfois ?

— Oui, répondit le petit garçon d'une voix lourde de sommeil tandis qu'elle le recouchait. Mais pas comme Daisy.

Sa respiration ralentit et elle devina qu'il s'était déjà rendormi. Elle lui poserait ses questions une autre fois.

En attendant, elle devait trouver la meilleure méthode pour aider ces enfants à surmonter leur deuil. Quoi qu'ils aient vécu, ils avaient à présent besoin d'amour, de compréhension et d'une oreille attentive. Ils devaient se sentir en sécurité et rassurés. Or, à en juger par les cauchemars de Daisy, sans parler de l'incident de la boue et de celui du canard en caoutchouc volant, ce n'était assurément pas le cas.

Heather n'avait perdu que sa mère, mais elle pouvait tout de même s'identifier un peu à Daisy et Ryan, qui se défendaient en attaquant quiconque s'approchait trop. Elle n'avait plus qu'à trouver le moyen de leur montrer qu'elle était de leur côté.

Ils avaient besoin d'une famille. Or, pour l'instant, ils n'avaient que leur oncle Cal, qui aurait mille fois préféré ne pas avoir à s'occuper d'eux. Un oncle qui comptait les jours en attendant de pouvoir les envoyer en pension.

Mais peut-être n'était-ce pas la meilleure solution pour eux…

Sur la pointe des pieds, elle sortit de la chambre en réfléchissant à ce qui venait de se passer.

Puis elle referma la porte en silence, se retourna et poussa un cri.

# 5.

Cal posa la main sur la bouche d'Heather pour étouffer son cri. Surtout, qu'elle ne réveille pas Daisy, qui se remettrait à hurler à coup sûr. Il ne le supporterait pas.

— C'est moi, c'est Cal, chuchota-t-il. Je ne suis pas un fantôme.

Il n'avait jamais rien vu qui puisse s'apparenter à ce fichu fantôme dont tout le monde lui rebattait les oreilles. Pourtant toutes les nounous qui s'étaient succédé semblaient convaincues qu'il existait. Toutes, sauf Heather, apparemment.

Malgré la main qu'il maintenait sur la bouche de la jeune femme, celle-ci poussa encore un cri de panique.

Sans réfléchir, il la prit dans ses bras et la serra contre lui, plaquant ses courbes contre son torse nu. Ce n'était pas une attitude très professionnelle, il en était bien conscient, mais bon sang, que c'était agréable !

Instantanément, l'étrange sentiment qui l'avait envahi plus tôt dans la soirée le gagna à nouveau, ce mélange d'étonnement et de fascination qui le faisait se demander si Heather était même réelle, tellement elle le déstabilisait.

Il y avait une chose bien réelle, cependant : le naturel avec lequel leurs deux corps s'imbriquaient, comme s'ils étaient faits l'un pour l'autre. D'ailleurs, s'il s'était agi d'une autre femme, sans doute serait-il déjà en train de l'embrasser ou, au moins, de réfléchir à un moyen de passer la nuit avec elle… Hélas, il ne pouvait se laisser aller ainsi avec Heather, qui était son employée et qui portait l'enfant de son frère. Impossible, donc, de céder à la tentation.

— Je ne crie plus, murmura-t-elle enfin d'une petite voix, tandis que ses boucles cuivre venaient chatouiller le cou de Cal et que son parfum fleuri l'enivrait.

À contrecœur, il la relâcha.

— Je suis désolé. Je ne voulais pas que les enfants se réveillent de nouveau.

— Pas de problème.

Pourquoi le regardait-elle de cette façon ? Elle ne pouvait pas avoir deviné toutes les images qui l'avaient envahi lorsque leurs deux corps étaient entrés en contact. C'était impossible. Et, Dieu merci, elle l'avait ramené à la raison au moment où une certaine partie de son anatomie commençait à se réveiller !

Il se reprit.

— Alors… Euh… Daisy a fait un nouveau cauchemar ?

— Il paraît qu'elle en fait régulièrement, d'après Ryan. Je suis désolée, j'aurais probablement dû vous attendre avant d'entrer dans sa chambre.

— Mais non ! Bien sûr que non ! Vous êtes la nounou, c'est votre travail.

— Et vous, vous êtes leur oncle. Ce qui veut dire que c'est davantage votre place que la mienne.

— Le jour où j'y suis allé, elle a crié encore plus fort. Croyez-moi, mieux vaut que ce soit vous qui vous en chargiez.

Elle le dévisagea comme si elle le jugeait, et cet examen ne plut pas beaucoup à Cal, même s'il permit à son corps de retrouver une température plus normale.

— Si j'ai bien compris, reprit-elle enfin, vous voulez que les enfants soient prêts à partir en pension dans six semaines.

— C'est l'objectif, en effet.

— Dans ce cas, vous allez devoir leur montrer qu'ils peuvent y aller en toute sécurité et revenir ici sans problème.

Perplexe, il fronça les sourcils. Où voulait-elle en venir ?

— Vous faites référence au fantôme ?

— Mais non, voyons ! Ce n'est pas de ce foutu fantôme que les enfants ont peur !

— Alors, de quoi ?

— De tout le reste, répondit-elle avec un sourire triste.

— Je ne comprends pas. Ces enfants sont privilégiés, ils sont riches…

Enfin, ils le seraient le jour où il aurait réglé la situation financière et remis le château sur les bons rails.

— Riches ou pas riches, ce n'est pas la question ! Je vous rappelle que ces enfants ont perdu leurs parents ! Leur monde a changé du tout au tout. Ils ne savent plus qui croire, en qui avoir confiance, et ils ignorent de quoi leur avenir sera fait. C'est pour cela qu'ils sont terrifiés.

— Eh bien, quand vous le dites comme ça…

Il se passa une main sur sa nuque. Si seulement il pouvait revenir en arrière, se retrouver à l'époque où le château n'était pas son problème, où Ross était encore le grand frère qui s'occupait à merveille de toutes les affaires de la famille !

Malheureusement, cette perfection n'avait été qu'une illusion, et il l'avait découvert de la plus douloureuse des façons.

— Vous n'avez pas pensé à l'impact que la mort de leurs parents a pu avoir sur eux ?

— Si. C'est juste que…

Comment pouvait-il expliquer que, quand lui-même avait perdu ses parents, il n'avait rien ressenti ? Enfant, il s'était parfois demandé ce qui arriverait si son père mourait. Leur mère se rendrait-elle compte qu'elle les aimait ? Se rendrait-elle compte qu'ils étaient autre chose que des héritiers ? Même dans ses rêves, il n'avait jamais perçu l'amour de sa mère.

Toutefois, Ross et Janey avaient été différents, du moins il l'avait cru. Ils avaient l'air d'aimer vraiment leurs enfants. Maintenant qu'il avait découvert les secrets de Ross, il en doutait. En fait, il avait même l'impression que son frère et sa femme ne valaient guère mieux que ses parents.

— Bien sûr que je sais que leurs parents leur manquent !

Mais quand je suis arrivé ici, le jour de l'enterrement, Daisy et Ryan se sont montrés extrêmement froids et distants. Alors j'ai pensé…

Il avait pensé qu'ils savaient que leur oncle n'était pas en mesure de leur donner ce dont ils avaient besoin, qu'il n'était pas doué pour ça et ne pouvait pas être leur tuteur. Puis, plus tard, il avait imaginé qu'ils ressentaient le même désintérêt pour leurs parents que lui pour les siens.

— Enfin… Ma priorité absolue, en arrivant, a été de gérer la succession. En faisant cela, j'ai découvert que les finances du domaine n'étaient pas aussi florissantes que je le pensais. Or il s'agit de l'avenir des enfants. Je m'occupe de leur sécurité financière future.

— C'est maintenant qu'ils ont besoin de sécurité, Cal. Tout de suite ! Et pas de sécurité financière. Ils ont besoin d'amour !

Dans ce cas, ils n'avaient pas de chance, car lui-même ne possédait aucune expérience dans ce domaine.

— Alors aimez-les ! lança-t-elle avant de tourner les talons et de retourner dans sa chambre sans même attendre sa réponse.

Heather était encore fatiguée lorsqu'elle se réveilla le lendemain matin. Après le cauchemar de Daisy et cette conversation troublante avec Cal, il lui avait fallu un certain temps pour trouver le sommeil. Chaque fois qu'elle avait fermé les yeux, elle avait été envahie par la sensation d'un corps masculin pressé contre elle. Elle avait d'abord cru qu'elle s'était mise à rêver de Ross mais, en se réveillant tout à fait, elle avait compris qu'il s'agissait en fait de Cal.

Elle se doucha rapidement dans la salle de bains au bout du couloir puis remit la robe d'été et le petit gilet qu'elle portait la veille. Jusqu'à ce que Cal remplisse sa promesse, sa garde-robe resterait très limitée. Dieu merci, elle emportait toujours avec elle des sous-vêtements supplémentaires en cas d'urgence.

L'important, dans la vie, était d'être bien préparée, se

rappela-t-elle en révisant les arguments qu'elle utiliserait lorsqu'elle reverrait Cal.

Quelque chose chez cet homme lui échappait. Il semblait être quelqu'un de bien, déterminé à aider sa nièce et son neveu, et pourtant il s'y prenait mal. Six semaines seraient-elles suffisantes pour qu'elle lui montre la bonne méthode ? Elle l'espérait.

— Ah, mademoiselle Reid ! C'est gentil de vous joindre à nous, lui lança Mme Peterson d'un ton aigre quand elle entra dans la salle à manger, où le petit déjeuner était déjà prêt.

— Bonjour, tout le monde ! répondit-elle, mal à l'aise.

Concentrés sur leur petit déjeuner, Daisy et Ryan ne répondirent pas, et Cal marmonna un bonjour sans lever les yeux de sa tablette. Au souvenir de leur rencontre au milieu de la nuit, le rouge lui monta aux joues. Maudites soient ces hormones de grossesse ! Elles lui avaient fait perdre la tête sitôt qu'elle avait touché cet homme, du moins dès que sa terreur initiale s'était dissipée et qu'elle avait réalisé qui la serrait dans ses bras.

Elle s'excusa pour son retard et s'installa.

Sa priorité, ce matin-là, serait de se familiariser avec les traditions du château de Lengroth. Si elle voulait parvenir à un résultat ici, elle aurait besoin du soutien de Mme Peterson. Or celle-ci semblait aimer que les règles soient suivies. Heather ne voulait même pas songer à ce que penserait la gouvernante si elle découvrait la véritable raison de sa venue à Lengroth…

Par ailleurs, elle devait rappeler à Cal que les enfants avaient besoin d'ordinateurs portables, et elle d'argent pour les fournitures scolaires et de quelques vêtements, même si elle avait honte de réclamer. Une petite partie d'elle-même avait en effet l'impression d'être payée pour avoir couché avec Ross.

D'un autre côté, Cal était son employeur, il avait envers elle une responsabilité qui n'avait rien à voir avec son frère.

Avant qu'elle n'arrive au troisième point de sa liste, Cal leva les yeux vers elle. Aussitôt, elle se sentit attirée par son regard, mais très vite il baissa de nouveau la tête vers sa tablette. Était-il gêné à cause de leur conversation de la nuit ?

— Les ordinateurs portables que vous avez demandés arriveront cet après-midi, mademoiselle Reid, déclara-t-il soudain.

Quoi, il l'appelait à nouveau mademoiselle Reid ? Eh bien, cela ne présageait rien de bon, même si l'arrivée des ordinateurs portables était une bonne nouvelle.

— Merci…

Elle hésita. Comment fallait-il l'appeler ? Monsieur Bryce ? Cal ? Monsieur le comte ? Encore une question qui réclamait une réponse.

— J'ai aussi commandé une carte de crédit pour votre usage personnel, mais en attendant…

Il sortit de sa poche un portefeuille dont il tira une carte qu'il lui tendit.

— Cela devrait vous permettre de commencer à travailler.

À voir le regard étonné de Mme Peterson, Heather devina qu'il n'avait pas agi ainsi avec toutes les nounous.

Mais elle était différente des autres, car il avait besoin qu'elle reste là. C'était indispensable pour lui. Parce qu'elle devait s'occuper des enfants, ou pour éviter un scandale ? À vrai dire, la question se posait.

Confuse, elle prit la carte et la glissa dans la poche de son gilet. D'une manière ou d'une autre, elle allait devoir comprendre les dynamiques au sein de cette drôle de famille. Sauver les enfants, puis décider de son avenir et de celui de son bébé. Mais certainement pas avant d'avoir terminé son petit déjeuner.

Tout en se servant en viennoiseries, elle observa les enfants. Les cernes sous les yeux de Daisy lui donnaient un air encore plus fragile que la veille. Quant à Ryan, il picorait dans son bol de céréales, visiblement ailleurs.

En fait, c'était par eux qu'elle devait commencer, elle n'avait pas le choix. Le reste pouvait attendre, mais les enfants avaient besoin d'elle tout de suite.

Savaient-ils quel homme était vraiment leur père ? Elle espérait que non. Comme elle espérait que Cal avait raison quand il affirmait que la famille savait bien garder ses secrets. Daisy et Ryan ne méritaient pas les railleries et les commentaires dont elle-même avait souffert dans son enfance à cause du comportement de sa mère.

— Alors, les enfants... Si les ordinateurs portables n'arrivent que cet après-midi, nous avons une dernière matinée de liberté avant le début des cours. Que voulez-vous faire ?

Daisy et Ryan échangèrent un de leurs regards secrets, puis se tournèrent vers elle avec une expression des plus espiègles.

Elle déglutit. Elle n'aurait jamais dû leur poser cette question.

Cal esquissa un sourire amusé. Heather était enseignante, elle aurait dû savoir qu'il ne fallait jamais donner le choix à deux petits diables. Même s'il ne connaissait rien aux enfants, il lui semblait que cette règle allait de soi.

Au bout de la table, Mme Peterson suivait également la scène, un petit sourire aux lèvres. Elle était déjà au service de la famille avant sa naissance, mais il pouvait compter sur les doigts de ses deux mains les fois où il l'avait vue sourire.

La vieille dame connaissait tous les secrets de la famille, disait souvent sa mère. C'était pour cette raison qu'elle était assurée de garder son emploi à vie. Il était impossible de cacher quoi que ce soit à Mme Peterson.

À propos, savait-elle quel genre d'homme était vraiment Ross ?

— On aimerait bien te montrer le village, proposa Daisy d'un ton plein d'innocence.

En dépit des apparences, pour lui qui commençait à la connaître, il était clair qu'elle complotait quelque chose avec son frère.

— Lengroth ? Si vous voulez, répondit Heather. Je l'ai

traversé en venant ici hier, mais je serais ravie de le visiter avec vous deux comme guides.

Mme Peterson leva les yeux au ciel. À l'évidence, elle aussi nourrissait des doutes sur les motivations des enfants.

Enfin, peu importait. Pour lui, ce programme était parfait. Une fois les enfants et Heather partis, il pourrait se mettre au travail et téléphoner à son avocat pour trouver avec lui le moyen d'échapper aux engagements qu'avait pris Ross avec le magazine.

Il était en train de se demander s'il avait envie d'un autre pain au chocolat lorsqu'il vit le visage d'Heather s'illuminer. Aussitôt, un étrange pressentiment l'envahit.

— Et si votre oncle Cal nous emmenait au village ? suggéra-t-elle. C'est un peu trop loin pour faire l'aller et retour à pied. Nous pourrions déjeuner là-bas tous ensemble. Qu'en pensez-vous ?

Daisy et Ryan hochèrent la tête sans conviction et Mme Peterson se fendit cette fois d'un grand sourire.

Sans attendre, Heather tapa dans ses mains.

— Allez, c'est décidé ! Rendez-vous devant la porte dans trente minutes, tout le monde prêt à partir !

Elle attrapa le dernier pain au chocolat et sortit, emportant avec elle la carte de crédit, la viennoiserie qu'il voulait manger et sa matinée de liberté.

Génial !

— Et de deux points pour Mlle Reid, murmura Mme Peterson en le débarrassant de son assiette vide.

Il ne répondit pas. À quoi bon ? Il se contenta de pousser un soupir.

Une étrange sensation de légèreté le saisit lorsqu'il passa les portes du château, Heather sur le siège passager à côté de lui et les enfants très silencieux à l'arrière. Sans doute avaient-ils déjà préparé leur mauvais coup, mais que comptaient-ils faire exactement ? Il n'en avait pas la moindre idée, alors autant tenter de profiter de l'instant présent.

On était déjà loin du château, le soleil brillait dans le ciel et il avait une belle femme à son côté. Même si celle-ci était intouchable, la vie pourrait être pire pour lui !

Le village de Lengroth était assez petit. Ses rues étroites, bordées de maisons de pierre grise, serpentaient de part et d'autre de la vallée. De partout, on voyait le château de Lengroth, sur la colline, sombre et imposant.

— Alors, par où allons-nous commencer ? demanda Heather quand il se gara.

— La confiserie ? suggéra Ryan, plein d'espoir.

Heather sourit.

— Je propose que l'on termine plutôt par ça, après le déjeuner. En attendant, une promenade dans la rue principale me semble une bonne idée.

La rue principale ? Elle risquait d'être déçue. Pourtant, elle sembla sous le charme lorsqu'ils passèrent devant le *pub* Mountain Ram et traversèrent la rue pour aller voir la friterie, l'épicerie et la confiserie de M. Reynolds. À cet instant, il eut presque l'impression qu'ils formaient une véritable famille, et non un patchwork d'adultes et d'enfants qui se connaissaient à peine. Daisy et Ryan étaient sages, Heather semblait détendue, et personne n'exigeait rien de lui.

Tout à coup, contre toute attente, Ryan traversa la route en courant, obligeant une voiture à freiner brusquement, et s'enfuit dans une ruelle.

Sous le choc, Cal se figea un instant, prêt à se lancer à sa poursuite, mais Heather l'avait devancé. Il la vit disparaître dans la même ruelle que Ryan et il se retrouva seul avec Daisy.

Il ne pouvait les suivre sans entraîner Daisy : il ne pouvait pas la laisser derrière lui.

— Bon sang, où va ton frère comme ça ? lui demanda-t-il tout en suivant Heather du regard.

Il n'eut pas de réponse.

Agacé, il se retourna vers l'adolescente… et constata qu'elle avait disparu.

Nom d'un chien, où était-elle passée ? Observant les alentours, il aperçut du mouvement un peu plus loin, devant le pub.

Après réflexion, il savait exactement où Daisy était partie.

Et il n'avait aucune envie de l'y rejoindre car, depuis qu'il était revenu à Lengroth, il évitait scrupuleusement ce lieu. Cependant, sa nièce ne lui laissait pas le choix.

# 6.

Heather était partie derrière Ryan au pas de course. Quel genre de nounou était-elle si elle perdait un des enfants dès son deuxième jour de travail ? Cal devait être furieux et il cuisinait probablement Daisy pour savoir à quel jeu jouait son frère.

C'était inexplicable, vu que le petit garçon n'avait même pas pris la direction de la confiserie.

Peut-être avait-il juste besoin de courir. Elle avait croisé un enfant de ce genre, dans la dernière école où elle avait travaillé. Tous les jours, il passait par-dessus la clôture pour s'enfuir, et le concierge le récupérait pour le ramener dans sa classe. Et le lendemain, il recommençait.

Mais, la veille, Ryan ne s'était pas enfui. Et Cal n'avait pas mentionné de tentative d'évasion lorsqu'il lui avait parlé des nombreux problèmes que lui posaient les enfants. Était-ce un comportement nouveau ? Était-ce elle qu'il fuyait ?

La ruelle marqua un tournant et Heather dut s'arrêter. Elle était dans une impasse.

Une impasse au bout de laquelle l'attendait Ryan, tranquillement assis sur une caisse.

Il lui adressa un sourire malicieux qui s'évanouit dès qu'elle approcha.

— Où est oncle Cal ?

— Avec Daisy.

Elle s'installa en face de lui sur un banc et le dévisagea pour tenter de comprendre ce qui venait de se passer.

— Daisy va être en colère. Vous deviez me poursuivre tous les deux. Pourquoi oncle Cal ne m'a-t-il pas suivi ?

Il baissa la tête pour poursuivre d'une petite voix :

— C'est parce qu'il n'a pas envie de s'occuper de nous, c'est ça ?

— Pas du tout. Il fallait que l'un de nous reste avec Daisy et j'ai été plus rapide que ton oncle, c'est tout.

Elle l'espérait, en tout cas. Elle n'avait pas voulu se retourner pour vérifier, de peur de perdre la piste du petit garçon.

— Je ne te crois pas ! répondit-il en la regardant avec de grands yeux tristes. Il n'avait pas du tout envie de revenir à Lengroth, il l'a dit à Mme Peterson. Je l'ai entendu. Et il te l'a dit aussi à toi, cette nuit, quand vous étiez dans le couloir.

*Zut !* Elle qui croyait qu'il s'était endormi tout de suite ! Peut-être était-ce le cri qu'elle avait poussé qui l'avait réveillé.

— Je vous ai entendus parler. Je sais qu'il ne nous aime pas et qu'il ne veut pas de nous. Il veut juste que tu nous prépares pour pouvoir nous envoyer en pension.

Il avait raison, mais elle n'allait pas le reconnaître devant lui.

— Ton oncle veut que vous receviez la meilleure éducation possible. Il se soucie beaucoup de votre avenir. Il est juste très occupé avec le domaine, en ce moment…

— Papa ne restait jamais enfermé dans son bureau quand il dirigeait le domaine.

Peut-être, mais d'après ce que lui avait dit Cal, sa gestion laissait à désirer… Elle se garda toutefois de faire cette réponse à l'enfant.

— Ton oncle t'aime beaucoup, affirma-t-elle d'une voix aussi assurée que possible.

Quels que soient les ennuis qu'ils lui causaient, ces enfants étaient tout de même sa chair et son sang. Comment pourrait-il ne pas les aimer ?

— Il n'est pas très doué pour le montrer, c'est tout.

Ryan secoua la tête. Il ne semblait pas convaincu.

— Il ne veut pas de nous, mais ce n'est pas grave. Nous, on ne veut pas de lui non plus. C'est ce que dit Daisy.

Daisy… Il l'avait mentionnée quelques minutes plus tôt, mais elle-même était alors tellement heureuse de l'avoir retrouvé sain et sauf qu'elle n'y avait pas prêté attention. Elle se souvint de ses mots.

—Ryan, tu m'as dit tout à l'heure que Daisy serait fâchée parce que nous ne t'avons pas couru après tous les deux… Qu'est-ce que ça veut dire ?

— Ben… C'était son plan. Elle fait toujours des plans, et elle m'explique ce que je dois faire.

— Et, aujourd'hui, tu devais t'enfuir, et Cal et moi devions te suivre. Pourquoi ?

C'était le point qu'elle ne comprenait pas. Peut-être Daisy avait-elle voulu se retrouver seule… Son but était-il de s'échapper elle aussi ?

— Ryan, qu'est-ce que Daisy avait besoin de faire seule ?

Le petit garçon baissa les yeux.

— Ryan, s'il te plaît ! Je te promets que je ne serai pas fâchée. Et Daisy non plus.

— Oh ! si, elle va être en colère.

Heather ne le contredit pas. Il connaissait sa sœur mieux qu'elle. Néanmoins déterminée à obtenir la vérité elle vint s'accroupir devant lui et le fixa jusqu'à ce qu'il relève les yeux.

— Ryan, je te promets que je ne suis là que pour t'aider. Tu peux me faire confiance.

Il avait les yeux rouges. Avait-il pleuré ou manquait-il de sommeil ? À moins que ce ne soient simplement les yeux d'un petit garçon de huit ans dont la vie avait été bouleversée du tout au tout ?

— Daisy dit que tout le monde nous abandonne. Nos parents, les nounous… Et oncle Cal va repartir en Amérique dès que nous serons en pension.

Hélas, elle ne pouvait pas le détromper.

Elle s'installa tant bien que mal à côté de lui sur la caisse et passa un bras autour de ses épaules.

— Parfois les gens partent, mais ils reviennent, tu sais.

— Pas quand ils sont morts. Ni quand on les bombarde de jouets par la fenêtre.

— Daisy m'a jeté un canard en caoutchouc, et je suis restée. Tu vois ? Je suis tombée dans la boue et je suis quand même restée.

Ryan lui adressa un coup d'œil rapide, un petit sourire aux lèvres.

— Vous avez dû bien vous moquer de moi, hier ! reprit-elle. La vérité, Ryan, c'est que je ne peux pas faire revenir tes parents. Personne ne le peut. Peut-être les autres nounous n'étaient-elles pas censées rester mais, moi, je vais rester. Jusqu'en septembre, je te le promets. Et pour ce qui est de ton oncle Cal…

— Ne me mens pas ! Ne me dis pas qu'il va rester si ce n'est pas vrai.

Elle poussa un soupir.

— Tu as raison. Je ne peux rien te promettre au nom de ton oncle Cal, mais je peux te dire qu'il fait tout ce qu'il peut pour s'assurer que, toi et Daisy, vous ayez un avenir sûr. Il veille sur toi, même si tu n'en as pas l'impression.

Malheureusement, ce n'était pas suffisant, elle le savait. Ces enfants avaient besoin de plus que ça. Ils avaient besoin de davantage qu'un oncle distant qui les suive dans leurs promenades ou leur commande de nouveaux ordinateurs.

Ce qui voulait dire qu'elle allait devoir avoir une autre conversation avec Cal Bryce. Il n'apprécierait sans doute pas, mais elle n'avait pas le choix.

— Viens, allons retrouver Daisy et oncle Cal !

Le petit garçon la suivit avec entrain. Apparemment, elle avait réussi à le rassurer un peu. En revanche, il ne lui avait toujours pas révélé le plan de Daisy.

Cal s'approcha avec lenteur. Il ne voulait pas déranger Daisy, qui s'était agenouillée devant une souche d'arbre.

Qui lui avait dit que c'était là que ses parents étaient morts ? Avait-elle entendu des gens parler au village ?

En tout cas, elle savait. Et elle voulait tellement venir se recueillir ici qu'elle avait demandé à son frère de s'enfuir pour faire diversion, il en était sûr.

Mal à l'aise, il fit un nouveau pas en avant. Il détestait ce lieu, sans doute encore plus que Daisy.

Le propriétaire du pub avait déjà réparé le mur qui avait été défoncé dans l'accident et il avait planté quelques massifs le long du nouveau mur, des fleurs vertes et violettes, qui étaient les couleurs de Lengroth, en mémoire de Ross et Janey.

L'arbre que la voiture avait heurté, après avoir traversé le mur, n'avait pu être sauvé. On l'avait abattu.

Daisy avait placé quelque chose sur la souche, remarqua-t-il en s'approchant.

Il fit craquer quelques brindilles et sa nièce se releva d'un bond.

— Pourquoi tu m'as suivie ? Tu étais censé suivre Ryan !

C'était donc ça… Il savait bien que les enfants mijotaient quelque chose.

— Heather a suivi Ryan. Il va bien.

— Il ne va jamais assez loin, de toute façon, marmonna-t-elle, avant de se retourner face à l'arbre. Il est trop peureux.

— Si je comprends bien, ce n'est pas la première fois que vous jouez à ce petit jeu.

— Les autres nounous ne te l'ont jamais raconté parce qu'elles avaient peur d'avoir des ennuis.

— Je pense qu'Heather me l'aurait raconté, si je n'étais pas venu aujourd'hui.

Pour toute réponse, Daisy lui lança un regard sceptique. Encore jeune, mais déjà cynique…

Il s'assit sur le banc près du mur et, d'un geste, l'invita à le rejoindre, mais elle ne bougea pas.

— Pourquoi tiens-tu autant à venir ici ?

— Pour leur parler.

Évidemment…

— Mais pourquoi ici ? La plupart des gens vont au cimetière. Si tu veux te recueillir sur leurs tombes, Heather t'y emmènera.

Pas lui. Le dernier endroit où il avait envie d'aller, c'était ce cimetière que hantaient les secrets et les scandales de générations de Bryce.

Après réflexion, c'était l'avant-dernier endroit où il voulait être.

Le lieu où il se trouvait à cet instant était le dernier, songea-t-il en examinant le virage où son frère était mort.

— Je viens ici parce que c'est le dernier endroit où ils ont été vivants, répondit Daisy avec la simplicité et la franchise d'une enfant. Au cimetière, il n'y a que leurs corps.

— C'est logique.

Ou, du moins, ça l'était quand on avait dix ans.

— De quoi voulais-tu leur parler ?

— Cela ne te regarde pas.

— D'accord… Je comprends.

Cal baissa les yeux vers ce qui restait de l'arbre. Au-dessus de la souche se trouvait le vieil ours en peluche de Ross, celui qu'il gardait sur l'étagère du haut, dans la salle de jeux.

— Prends ton temps pour leur parler. Je vais retourner dans la rue principale pour attendre ton frère et Heather. D'accord ?

Il pourrait toujours l'apercevoir depuis la rue, mais il ne l'entendrait pas. C'était toute l'intimité qu'il était prêt à lui accorder, vu les circonstances.

Le regard de Daisy fit quelques allers et retours entre lui et la rue, pesant à l'évidence le pour et le contre.

— D'accord, finit-elle par répondre.

Fidèle à sa parole, Cal sortit de son champ de vision et attendit près du mur, scrutant la rue à la recherche d'Heather et de Ryan. Il ne les voyait pas encore, mais si Daisy n'était pas inquiète, il ne le serait pas non plus.

Fronçant les sourcils, il observa la route qui descendait du château jusqu'au mur contre lequel il s'appuyait, en passant par l'arbre brisé.

En fait, songea-t-il soudain, l'accident n'avait pas pu se produire comme il le pensait.

Mme Peterson lui avait dit que Ross et Janey rentraient au château à l'aube, après une fête, lorsqu'ils avaient eu cet accident. Janey conduisait, car Ross avait bu. Ce récit lui avait semblé plausible et il ne l'avait pas remis en question. Il n'avait jamais ressenti non plus le besoin de retourner sur les lieux du drame, contrairement à Daisy. Mais maintenant qu'il était là, il se rendait bien compte que quelque chose n'allait pas dans cette histoire.

Pour que la voiture ait heurté d'abord le mur, puis l'arbre, elle devait s'éloigner du château, et non rouler dans sa direction.

*Où allais-tu, Ross ? Et pourquoi ?*

Perdu, il secoua la tête. Encore une nouvelle énigme qu'il allait devoir résoudre.

Soudain, deux silhouettes attirèrent son attention de l'autre côté de la rue. C'étaient Heather et Ryan qui arrivaient vers lui.

Il refoula ses réflexions dans un coin de son esprit. Il y penserait plus tard. Il devait d'abord s'occuper de sa nièce et de son neveu. Et de leur nounou.

— Va rejoindre Daisy, chuchota Heather à Ryan alors qu'ils approchaient. Laisse-moi m'occuper de ton oncle Cal.

L'espace d'un instant, elle avait été terrifiée en voyant Cal seul près du mur du pub, mais Ryan l'avait vite rassurée en lui montrant Daisy, agenouillée devant une souche d'arbre, un peu plus haut.

Elle traversa la route avec lui et le petit garçon se précipita vers sa sœur. Elle-même rejoignit Cal.

— Ne le punissez pas sous prétexte qu'il s'est enfui ! lui lança-t-elle avant qu'il ait eu le temps de prononcer un mot. Il pense déjà que vous êtes pressé de vous débarrasser de lui, alors n'en rajoutez pas ! De toute façon, je lui ai déjà expliqué qu'il ne devait plus s'enfuir.

Cal ne réagit pas.

Finalement, Ryan avait raison. Cal ne voulait pas de ces enfants. Ce qui signifiait qu'elle allait devoir lui faire toucher du doigt la chance qu'il avait de les avoir près de lui, et lui faire comprendre que sa responsabilité ne se limitait pas à assurer leur avenir financier.

Elle n'avait aucune patience avec ceux qui tentaient de se dérober à leurs obligations envers des enfants.

— Il l'a fait pour Daisy.

Elle tressaillit, surprise. Comment le savait-il ?

— Elle voulait se recueillir ici, ajouta-t-il. C'est l'endroit où leurs parents sont morts. Ryan devait nous distraire pour qu'elle puisse y aller seule. Apparemment, ils ont tenté la même manœuvre avec toutes les autres nounous.

Heather jeta un coup d'œil vers les enfants et poussa un soupir.

— Ces pauvres petits…

— Aucune des autres nounous ne m'a avoué que Ryan s'était enfui, de peur d'avoir des ennuis, mais vous, vous me l'auriez dit si je n'avais pas été là, n'est-ce pas ?

— Bien sûr.

Il était leur tuteur, il devait savoir ce qui se passait dans leurs vies. En plus, peut-être qu'un tel incident l'aurait incité à s'intéresser un peu plus à leur bien-être psychologique.

Cal s'était mis à observer le château et il fronçait les sourcils. De toute évidence, il pensait aux comptes qu'il avait laissés en suspens ce matin-là plutôt qu'aux enfants dont il avait la responsabilité.

Elle ouvrit la bouche pour lui dire ce qu'elle en pensait, mais Daisy et Ryan ne lui en laissèrent pas le temps. Tous deux revenaient vers eux. Daisy tenait à la main un ours en peluche qu'Heather n'avait pas remarqué tout à l'heure dans la voiture. Sans doute l'avait-elle caché sous son gilet.

— On peut aller acheter des hot-dogs à la boulangerie pour le déjeuner ? demanda Ryan, apparemment peu affecté par cette visite sur le lieu où ses parents avaient trouvé la mort.

Pour lui, c'était un endroit comme les autres. En revanche, ce n'était pas le cas pour Daisy. Il faudrait vraiment qu'elle lui parle, mais une fois qu'elle aurait discuté avec Cal et lui aurait rappelé ses priorités.

— Bonne idée ! Allons acheter des hot-dogs ! Ensuite, nous rentrerons au château. Nous avons du pain sur la planche !

Daisy demeura silencieuse pendant le déjeuner et le trajet du retour jusqu'au château. Elle ne dit rien non plus lorsqu'ils découvrirent que les ordinateurs portables avaient été livrés en leur absence.

Ryan, qui semblait plus à l'aise avec elle depuis leur conversation du matin, discuta avec un plaisir évident et lui posa des questions pendant qu'elle installait les ordinateurs dans la salle de jeux qui servirait de salle de classe.

Pendant ce temps, assise sur le banc devant la fenêtre, Daisy faisait mine de lire. Heather savait qu'elle faisait semblant car la fillette n'avait pas tourné de page depuis vingt bonnes minutes.

— C'est parti ! lança-t-elle en ouvrant la page du site sur lequel les enfants allaient faire leur évaluation.

Seul Ryan s'approcha.

— Daisy ? Tu veux bien venir par ici, s'il te plaît ?

La fillette leva les yeux au ciel mais posa néanmoins son livre et traversa la pièce pour les rejoindre au bureau.

— Avant de commencer à vous faire la classe, je dois savoir où vous en êtes. Donc, cet après-midi, j'aimerais que vous fassiez ces tests. J'ai commencé par ceux qui sont adaptés à votre âge.

C'était un petit mensonge : en fait, elle avait sorti des tests qui correspondaient à un niveau inférieur. De cette façon, ils ne devraient pas se retrouver devant des questions trop difficiles pour eux, les mettant dans une humiliante situation d'échec. Et, s'ils y répondaient sans peine, ils gagneraient en confiance et ne se vexeraient pas.

— Vous devez répondre aux questions les unes après les autres. À la fin, le programme aura bien évalué vos connaissances et il vous dira que vous avez terminé. Et quand ce sera fini, vous serez libérés. Je me suis dit que nous pourrions jouer à un jeu après, ou faire une promenade avant le dîner. Mais pas au bord de la rivière, cette fois !

Elle eut droit à un sourire malicieux de Ryan à ces mots, et elle se félicita : elle faisait de réels progrès avec lui.

— Donc, si j'ai bien compris, tu nous fais la classe sans travailler, lança Daisy. Je peux savoir ce que tu vas faire pendant que, nous, on sera là à se casser la tête sur ces tests ?

— Je vais discuter avec ton oncle de votre programme, figure-toi !

Ce qui sonnait beaucoup mieux que « Je vais engueuler votre oncle jusqu'à ce qu'il se décide à essayer d'établir un lien avec vous, de façon que vous ne soyez pas obligés d'aller vous recueillir devant une souche d'arbre pour obtenir un peu d'amour et d'affection ».

— Tu ne seras même pas dans la pièce pendant que nous travaillerons ?

— Tu n'as pas peur qu'on triche ? renchérit Ryan.

Apparemment, la confiance n'avait pas été de mise dans leur éducation jusqu'à présent.

— Je vous fais confiance pour prendre ces tests au sérieux.

Elle vit Ryan se redresser avec fierté et une lueur malicieuse briller dans le regard de Daisy.

— Ces tests sont destinés à juger le niveau du travail que je vais vous imposer à partir de maintenant. Si vous trichez, vous aurez du travail trop difficile ensuite. Si vous faites semblant d'être stupides pour obtenir un travail plus facile, je vous garantis que vous vous ennuierez à mourir d'ici la fin de la semaine. Alors, à vous de décider ce que vous préférez !

À ces mots, l'étincelle s'éteignit dans le regard de Daisy.

— Vous êtes prêts ? Alors vous pouvez commencer.

Et, elle, elle pouvait s'atteler à son véritable défi : Cal Bryce.

# 7.

Lorsqu'il entendit les trois petits coups frappés à la porte de son bureau, Cal s'aperçut qu'il attendait cette visite avec impatience.

— Entrez !

Il aperçut d'abord les boucles cuivre dans l'embrasure de la porte, puis le reste suivit.

— Mademoiselle Reid… Oh ! non, désolé ! Heather, corrigea-t-il en la voyant froncer les sourcils.

— Je suis venue vous parler des enfants.

— Je voulais justement en discuter avec vous, répondit-il en l'invitant à s'asseoir d'un geste.

Aucun canard en plastique sur le bureau entre eux, cette fois. Dommage. Pour une raison qu'il ignorait, il avait le sentiment que la présence du jouet aurait facilité la conversation à venir.

— D'ailleurs, où sont-ils ?

— Ils passent leurs tests de niveau sur leurs ordinateurs. Et non, ce n'est pas une excuse que j'ai trouvée pour me débarrasser d'eux cet après-midi.

Il haussa les sourcils, surpris par cette remarque.

— Mais vous n'avez pas peur qu'ils profitent de votre absence pour tricher ?

Heather le dévisagea d'un regard qu'il ne comprit pas et qui le mit mal à l'aise.

— Non, je n'ai pas peur qu'ils trichent.

Fuyant ce regard un peu trop intense à son goût, il entreprit de ranger les papiers devant lui. Hors de question qu'elle aperçoive la copie du contrat signé par Ross avec le magazine. Pour être honnête, lui-même n'avait pas la moindre envie de voir ce document non plus.

— Alors, de quoi voulez-vous me parler ? commença-t-il en refoulant cette histoire de reportage au fond de son esprit.

De toute façon, il avait des questions bien plus importantes à régler pour le moment. À commencer par celle des enfants.

Il fronça les sourcils. Depuis quand les enfants étaient-ils devenus plus importants que la gestion du domaine à ses yeux ? Ce n'était certainement pas dans l'ordre naturel des choses, quand on appartenait à la famille Bryce.

— Je sais que vous pensez vous occuper des enfants de Ross dans la mesure où vous cherchez à assurer leur avenir financier, déclara la jeune femme. Vous voulez en outre qu'ils reçoivent une bonne éducation, et c'est tout à votre honneur. Seulement, ce n'est pas suffisant. Et ce n'est pas ce dont ils ont besoin en ce moment. Ils sont en deuil. Ils souffrent, et ce qu'ils attendent de vous ce n'est pas l'aisance financière.

— C'est pourtant tout ce que je suis capable de leur apporter. Et c'est très important.

— D'accord, c'est important, mais à quoi bon sauvegarder leur héritage si, à dix-huit ans, ils sont tellement tourmentés qu'ils ne sont pas en état de profiter de leur jeunesse ?

Mal à l'aise, il se raidit. Heather n'avait aucun moyen de le savoir, mais elle venait de décrire le cycle de vie de l'héritier Bryce moyen.

Si leur tendance à l'autodestruction était inscrite dans leurs gènes, elle était également le résultat de choix parfaitement conscients. Il était trop tard pour Ross, et sans doute pour lui aussi, mais peut-être Ryan et Daisy avaient-ils encore une chance d'échapper à cette malédiction.

Visiblement encouragée par son silence, Heather reprit :

— Ils ont besoin de plus qu'une nounou et un bon pensionnat, Cal. Ils ont perdu leurs parents, et vous avez vu aujourd'hui ce qu'ils sont prêts à faire pour se sentir proches d'eux. Ces dernières semaines, ils se sont renfermés sur eux-mêmes jusqu'à n'être plus que tous les deux, persuadés qu'ils seront abandonnés tôt ou tard. C'est pour cette raison qu'ils ont chassé les autres nounous.

— Mais vous, vous allez rester, n'est-ce pas ?

Elle riva son regard au sien. Ses prunelles couleur émeraude lui faisaient penser à des feuilles au printemps, pleines d'espoir et de vitalité.

— Oui. Moi, je vais rester.

Parfait. Il savait qu'il pouvait compter sur elle.

Quoi qu'il se passe à Lengroth, elle était à leurs côtés, désormais. Ils étaient liés par un bébé que personne n'attendait ni ne désirait, avant qu'elle ne décide de le garder et de l'aimer.

Parce qu'elle était ce genre de femme.

Il ne la connaissait que depuis deux jours, mais il en avait déjà l'intime conviction. Heather était honnête et bienveillante, sincère et fidèle. Elle avait dit qu'elle resterait et elle respecterait sa promesse.

Et même si une grande partie de son cerveau lui ordonnait de la renvoyer, pour éviter que la malédiction de Lengroth ne s'abatte sur elle comme elle s'était abattue sur toute la famille Bryce, il savait qu'il ne le ferait pas. Non pas parce qu'elle était belle quand elle était sûre d'elle, ni parce qu'elle avait surgi dans son bureau avec un canard en caoutchouc sous le bras pour lui raconter sa nuit avec Ross - simplement parce que c'était la seule chose à faire –, ni même parce qu'elle était enceinte de Ross et qu'elle était la seule nounou capable de tenir tête à Daisy et Ryan. Non, il ne la renverrait pas parce que sa nièce et son neveu avaient besoin de cette bonté pour avoir une chance de briser le cycle de destruction et de douleur dans lequel s'enfermaient tous les membres de la famille Bryce.

— Mais si je reste j'ai besoin de votre soutien avec les enfants.

— Je vous l'ai déjà dit : ordinateurs portables, livres... Vous pouvez avoir tout ce que vous voulez, l'argent n'est pas un problème.

Oui, il avait dû puiser dans ses économies pour payer les dettes de Ross, mais cela ne voulait pas dire qu'il était dans le besoin. Il avait les moyens d'acheter tout le nécessaire pour sa nièce et son neveu. Et il pourrait toujours vendre quelques biens s'il avait besoin de liquidités.

Dans peu de temps, le domaine serait à nouveau sur pied et il récupérerait tout ce qu'il avait investi.

Normalement.

— Ce n'est pas une question d'argent, Cal.

Il la considéra sans comprendre. Où voulait-elle en venir ?

— Ce n'est pas de biens matériels dont ils ont besoin. Ces enfants ont perdu leurs parents, ils ont perdu l'amour, la foi et la confiance dans le monde. Ils ont besoin de vous, la personne qui leur est le plus proche, pour combler ce vide. Ils ont besoin que vous les aimiez et que vous le leur montriez. Chaque jour.

— Ils ont besoin… d'amour ?

L'argent n'était pas un problème. L'amour, en revanche, il n'y connaissait rien.

— Oui, ils ont besoin d'amour, répéta-t-elle d'une voix plus ferme. Vous étiez le frère de leur père et vous êtes le seul parent qu'il leur reste maintenant, que cela vous plaise ou non. Ce qui veut dire que vous allez devoir être à la fois leur mère et leur père. Il faudra leur montrer qu'ils sont en sécurité, qu'ils sont aimés et qu'ils peuvent venir vous voir quand ils ont besoin d'aide, quand ils ont peur ou se sentent seuls, ou simplement quand ils ont besoin d'un câlin.

Cal secoua la tête. L'amour était trop abstrait, trop éloigné de sa propre expérience dans ce château. Toutefois, Heather avait raison sur un point : Daisy et Ryan étaient sous sa responsabilité désormais, et si l'amour était ce dont ils avaient besoin, il devait trouver un moyen de leur en fournir.

Le plus simple serait de déléguer ce rôle à Heather. Malheureusement, cela ne fonctionnerait pas à long terme puisqu'elle repartirait en septembre. Après, pour eux, ce serait le pensionnat tout au long de l'année et le château de Lengroth pendant les vacances.

Il devait donc trouver un moyen pour que la situation fonctionne… et fonctionne longtemps. Et s'il ne voulait pas que Daisy et Ryan finissent comme les autres membres de la famille, il devait agir sans tarder.

Les mots d'Heather lui revinrent soudain. « Il faudra leur montrer qu'ils sont en sécurité, qu'ils sont aimés. » C'était bien joli, mais comment s'y prenait-on pour cela ?

— Si vous voulez que j'y parvienne, je crois qu'il n'y a pas qu'aux enfants que vous allez devoir donner des leçons…

Abasourdie, Heather cligna les yeux. Cal la regardait, un sourire hésitant aux coins des lèvres.

— Des leçons ?

Était-ce une nouvelle technique de drague ?

— Oui, des leçons. Je n'ai pas d'enfants et je connais mal Daisy et Ryan, alors je ne sais pas du tout comment m'y prendre avec eux. Ce serait bien que vous me montriez. C'est ce que je veux dire par « donner des leçons ».

— Vous voulez des leçons pour apprendre à aimer ?

Qui ne savait pas aimer ? Surtout un enfant ?

*À part ma mère.*

Non, elle ne devait pas être injuste. Elle ne pouvait pas dire que sa mère n'avait jamais su aimer. C'était même tout le contraire : n'avait-elle pas justement abandonné son mari et sa fille unique pour écouter son cœur et suivre l'amour ?

— Exactement, des leçons pour apprendre à aimer, répondit-il enfin comme s'il s'agissait de la chose la plus naturelle du monde.

Perplexe, Heather se mordit la lèvre.

L'amour ne s'apprenait pas. L'amour était quelque chose de naturel.

Mais les enfants, leurs besoins et la façon dont ils comprenaient le monde, ainsi que les techniques parentales, voilà des notions qui pouvaient s'enseigner. Avant de devenir professeur, elle avait d'ailleurs appris comment établir des relations avec les élèves, les aider et les soutenir. Selon elle, la meilleure façon consistait cependant à se jeter à l'eau. Alors oui, elle pouvait donner des cours à Cal, mais il apprendrait bien plus en passant du temps avec Daisy et Ryan. C'était ainsi qu'il finirait par les aimer.

Tous deux étaient de bons enfants, même s'ils s'étaient forgé une épaisse carapace, elle en avait la certitude. Ryan commençait déjà à sortir de sa coquille et, avec un peu de chance, Daisy l'imiterait très vite. Le fait que leur oncle passe plus de temps avec eux ne pourrait que les aider à s'ouvrir.

— Très bien, j'accepte, répondit-elle enfin à un Cal visiblement soulagé. Nous commencerons ce soir.

Quand elle retourna dans la salle de jeux, les enfants avaient terminé les tests et ils étaient en train d'examiner leurs nouveaux ordinateurs sous toutes les coutures, en particulier le logiciel de contrôle parental qu'elle avait installé.

— Comment se sont passés les tests ?

Au moins, Cal avait marqué un point en leur offrant ces ordinateurs, même si leur usage était avant tout pédagogique.

— Ils étaient ennuyeux, maugréa Daisy.

— C'était facile, répondit Ryan en fusillant sa sœur du regard.

Mais il semblait moins assuré que celle-ci.

Heather ferait le bilan avec chaque enfant séparément. Ryan semblait bien plus enclin à s'ouvrir et à dire la vérité quand Daisy n'était pas là.

Après leur promenade au village de ce matin, elle n'avait pas très envie de les laisser sortir de nouveau cet après-midi. Ignorant les récriminations de Daisy, elle attrapa donc un jeu de société sur l'étagère.

Ils se mirent à jouer, et Heather en profita pour étudier

discrètement les enfants en cherchant des ressemblances avec leur père et leur oncle. Entendre Cal se faire l'écho des paroles de Ryan, qui lui demandait si elle n'avait pas peur qu'ils trichent à leur test, lui avait donné envie d'en savoir plus sur l'enfance qu'il avait eue lui-même. Avec quelle brutalité il avait affirmé qu'il ignorait comment aimer des enfants ! Cela ne faisait que confirmer ses soupçons : grandir au château de Lengroth ne devait pas être une expérience des plus agréables. Ne pourrait-elle pas la rendre plus douce pour Daisy et Ryan ? Ils seraient les demi-frères et sœurs de son bébé, après tout. Cela faisait d'eux une famille.

Et elle croyait à la famille plus que tout.

Ce qui signifiait qu'elle devait également aider Cal à en créer une véritable, à établir de vrais liens.

Daisy gagna la partie et retourna dans sa chambre pour lire. Heather en profita pour installer des jeux éducatifs sur l'ordinateur portable de Ryan. Puis, une fois le petit garçon lancé dans l'un d'eux, elle sortit son propre ordinateur pour travailler.

Après avoir ouvert un document qu'elle intitula *Prendre soin des enfants et les aimer,* elle se mit à taper avec détermination.

Cal voulait apprendre ? Eh bien, elle lui donnerait des leçons !

Avant même qu'Heather ne se présente avec un cours en bonne et due forme et une liste d'ouvrages parus au cours des cinq dernières années, Cal regrettait déjà sa demande de cours particuliers.

— Vous ne pensez tout de même pas que je vais lire tout ça ?

— Je croyais que vous vouliez apprendre.

C'était vrai, il voulait apprendre.

Réprimant un soupir, il se passa une main lasse sur le front, avant de rassembler son courage pour jeter un coup d'œil aux documents qu'elle lui avait préparés.

— À quoi correspondent les sections surlignées en vert ?

— Ce sont les moments où vous sortez avec les enfants et où vous passez du temps avec eux.

— Tout seul ?

— Peut-être pas au début mais, au bout d'un moment, oui. Vous êtes leur unique famille maintenant, ne l'oubliez pas.

Ça, il ne risquait pas de l'oublier !

Abattu, il se laissa tomber dans le fauteuil où il s'installait chaque soir depuis son arrivée à Lengroth pour chercher une solution susceptible de sauver le domaine. Ce petit salon, juste à côté de la cuisine, était la pièce la plus chaude de la maison en hiver, et elle restait fraîche en été. Elle était équipée d'un bar bien garni, d'un système de haut-parleurs que Ross avait fait installer quelques années plus tôt et d'une bibliothèque contenant certains de ses livres préférés.

S'il devait rester au château de Lengroth, autant profiter du confort de cette pièce pour rendre son séjour plus supportable. Et d'après le programme concocté par Heather il allait y rester un bon moment…

— Et si nous adoptions un chien ? suggéra-t-il soudain tandis qu'Heather s'installait en face de lui.

— Un chien, même si c'est un compagnon fidèle, ne peut pas remplacer l'affection d'un parent ! rétorqua-t-elle.

— Oh ! je ne pensais pas spécialement aux enfants… C'est juste que… Nous avons toujours eu des chiens ici.

Et ils avaient été des compagnons parfaits, affectueux, gentils. Jamais ils n'avaient trahi les secrets qu'il leur révélait en sanglotant, le soir, seul dans sa chambre.

Repoussant ce souvenir, il revint au présent. Pourquoi Heather le regardait-elle ainsi ?

— Quoi ?

— Je me demandais juste comment c'était de grandir ici.

Lui posait-elle la question parce qu'elle voulait en savoir plus sur son frère ? Ou parce qu'elle essayait de comprendre ce que devaient ressentir Daisy et Ryan ? Ou peut-être… Ou peut-être était-ce de lui qu'elle se souciait…

Il quitta ses prunelles vertes du regard. Elles lisaient un peu trop facilement en lui à son goût.

— Disons que c'était difficile. Nos parents avaient des idées bien arrêtées sur l'aristocratie, le rang que nous devions tenir et les obligations qui en découlaient.

— J'imagine qu'ils attendaient de vous deux un certain comportement, sachant que le monde accorderait plus d'attention aux fils d'un comte qu'à nous, les gens normaux.

Ces mots le firent éclater de rire.

— Désolé, mais… Oui, vous avez en partie raison. Jusqu'à un certain point.

— Jusqu'à un certain point ?

Songeur, il hocha la tête. En fait, Heather l'avait délibérément mené sur la voie des révélations. Hélas pour elle, il n'avait pas envie d'en dire davantage.

— Nous ne sommes pas ici pour parler de mon enfance, mais de celle de Daisy et Ryan.

— C'est vrai, concéda-t-elle en sortant une feuille de son classeur. Alors, commençons !

Cal essaya de l'écouter parler du besoin d'attention d'un enfant, mais il se révéla incapable de se concentrer. Il avait l'impression que les mots qu'elle prononçait s'évanouissaient en un bourdonnement tout au fond de son esprit.

— Ce qui est étrange, c'est qu'intuitivement nous pensons que crier sur les enfants ou les punir leur apprendra à ne plus reproduire le comportement qui pose problème. En réalité, c'est souvent le contraire qui se produit. Si un enfant ne reçoit pas une attention régulière et de qualité de la part d'un parent, ou de tout autre adulte, il cherchera à attirer l'attention par n'importe quel moyen, y compris négatif. Ainsi, récompenser un mauvais comportement par une punition, marque d'attention, risque en fait d'inciter l'enfant à recommencer.

Récompenser les mauvais comportements… Était-ce le problème de la famille Bryce ? Quelles que soient leurs erreurs et leurs bêtises, ils obtenaient toujours une récompense, des terres, des propriétés, de l'argent, ou de la publicité dans des magazines sur papier glacé, comme celui avec lequel Ross avait signé ce fichu contrat.

Ces récompenses reposaient sur le postulat que personne ne découvrirait jamais les scandales de la famille. Leur position sociale leur permettait en effet de s'en sortir plus facilement que d'autres.

Ross s'en était sorti pendant très longtemps.

Mais il avait dû être un meilleur père que le leur, non ? Oui, c'était certain. Jamais il n'aurait battu ses enfants. Jamais il n'aurait menacé de trancher la gorge du chien pour un regard qu'il estimait insolent…

Il déglutit. Devenu adulte, il n'avait jamais adopté de chien. Il ne pouvait pas. Pas après ce qui était arrivé à Cavall…

— Cal ?

Heather avait reposé ses feuilles.

— Excusez-moi, j'étais perdu dans mes pensées.

— Vous réfléchissiez à votre enfance ?

Elle se mordait la lèvre inférieure, une habitude qu'il avait remarquée la nuit dernière dans le couloir et qui, sur le moment, avait fait battre son pouls plus vite. Mais, ce soir, c'était son cœur qui avait accéléré au souvenir des moments douloureux de son enfance.

— Je pense que, si vous voulez apprendre à bien vous occuper de Daisy et Ryan, il faudrait d'abord que nous évoquions le passé.

— Le passé ? Il n'y a rien à dire, rétorqua-t-il d'un ton sec en attrapant une bouteille de cognac sur le bar.

— Si cela peut vous aider, je suis prête à commencer. Je vous avoue mon traumatisme d'enfance et vous m'avouez le vôtre.

— Votre traumatisme d'enfance ?

Sous le choc, il fit tomber le bouchon de la bouteille. De quoi parlait-elle ? Il était prêt à parier qu'elle avait grandi dans une ambiance de conte de fées.

— Nous avons tous des traumatismes, alors servez-moi à boire une boisson sans alcool, s'il vous plaît, et je commencerai.

Lentement, il se pencha pour attraper la bouteille d'eau de sureau.

Hors de question de partager son enfance à Lengroth avec qui que ce soit. En revanche, il était curieux de découvrir quel genre d'enfance avait bien pu faire d'Heather la femme qu'elle était devenue.

— Je vous écoute.

# 8.

À l'idée de livrer son passé à cet homme, elle sentit ses mains trembler. D'un autre côté, si c'était la seule façon de l'encourager à parler de lui, elle n'avait pas à hésiter. Elle devait le faire, pour Daisy et pour Ryan, et peut-être même pour Cal lui-même.

Elle but une gorgée de sirop de fleur de sureau pour se donner du courage.

— J'ai grandi dans un petit village du Hertfordshire, le genre de village où tout le monde connaît tout le monde et où les gens se mêlent tous des affaires de leurs voisins.

— Pas très différent de Lengroth, alors…

Sans doute. D'ailleurs, elle n'avait aucun mal à imaginer combien il avait dû être difficile pour Cal et Ross de grandir ici, sous une surveillance constante.

— Mon père dirigeait l'épicerie-bureau de poste située dans la rue principale et il faisait partie du conseil municipal. Ma mère était enseignante dans le lycée voisin.

— Pour le moment, le tableau me paraît idyllique.

Pour le moment… Un jour, hélas, tout avait mal tourné.

Elle se racla la gorge. Elle avait envie de raconter, mais elle n'y arrivait pas. Les mots semblaient se coincer dans sa gorge. Sans doute parce que, jusqu'à présent, elle n'avait jamais eu besoin de raconter cette histoire à qui que ce soit : tout le monde était déjà au courant.

— Ma mère… ma mère enseignait en terminale, à des élèves de dix-sept et dix-huit ans.

Elle se tut un instant pour déglutir.

— Une année, elle est tombée amoureuse d'un de ses élèves, un garçon de dix-sept ans, soit sept ans seulement de plus que moi. Ils ont eu une liaison.

Pour toute réponse, Cal lui servit un nouveau verre, qu'elle vida d'un trait.

— Un jour, ils ont été surpris en train de s'embrasser dans la salle de classe par le proviseur. La nouvelle a fait le tour du village avant même que ma mère ne rentre à la maison et n'ait eu le temps de l'avouer à mon père.

— Que s'est-il passé ensuite ?

— Elle a été suspendue de son travail, bien sûr. Les parents de l'élève ont menacé de porter plainte, mais le garçon, qui s'appelait John…

Bon sang, ses yeux la brûlaient maintenant ! Pouvait-elle incriminer les hormones de grossesse si elle se mettait à pleurer ? Évidemment que non !

— John a raconté à tous ceux qui voulaient l'entendre qu'ils étaient amoureux, que maman l'aimait bien plus qu'elle n'aimait mon père ou moi. Quant à maman, elle a répliqué que John avait tout inventé, que c'était un malentendu et qu'il n'y avait rien entre eux.

— Ah, c'était faux ? Ce n'était qu'une rumeur calomnieuse, en fin de compte ?

— Non, pas du tout, mais ma mère a continué à nier et à mentir. Jusqu'à ce que… Enfin, deux jours plus tard, ils se sont enfuis ensemble. Ils ont disparu au milieu de la nuit, et je n'ai plus jamais revu ma mère. Cela fait dix-huit ans.

— Elle n'a pas laissé de lettre ?

— Si. Un petit mot pour dire qu'elle était désolée, mais qu'elle aimait trop John pour continuer à vivre comme avant.

— Comment votre père a-t-il réagi ?

— Mal. Et c'est un euphémisme. Cette histoire l'a détruit.

Et elle l'avait brisée elle aussi, même si elle ne l'avouerait pas à Cal. Elle détestait susciter la pitié.

— Il a commencé à boire, il a perdu sa place au conseil municipal, sa réputation en a pris un coup… Il a failli perdre la boutique, également. Les gens avaient pitié de lui, bien sûr, mais le scandale était tel qu'ils ne pouvaient pas s'empêcher de parler tout le temps de cette histoire. Il est devenu paranoïaque. Il marchait dans la rue et, tout à coup, il se mettait à crier sur les passants, persuadé qu'ils étaient en train de parler de lui… C'était… horrible.

— Et maintenant ? Comment va-t-il aujourd'hui ?

— Mieux. Il va beaucoup mieux. Son médecin a réussi à le convaincre de suivre une thérapie, et ça l'a bien aidé, je crois. Mais il ne peut toujours pas parler de ma mère, ni même prononcer son nom. Il a enlevé toutes ses photos des cadres. Malheureusement, je lui ressemble, alors…

— Il s'en est pris à vous ?

— Non, non, jamais. Mais je ne pense pas que notre ressemblance l'ait aidé à tourner la page.

Dieu merci, il ne lui avait jamais fait la moindre remarque mais elle savait que, lorsque son regard se faisait soudain lointain, il pensait à sa femme envolée.

— Ma foi… Votre enfance n'a pas été aussi idyllique que ça, finalement.

Il l'observait avec attention, remarqua-t-elle en essuyant une larme. Il étudiait ses réactions. Mais, lui, semblait étrangement rester de marbre.

Cette froideur était-elle un résultat de sa propre histoire ? Elle avait presque peur de répondre à cette question.

— Ma jeunesse n'a pas été parfaite, mais elle aurait pu être pire. Mon père m'aime, et c'est le plus important. J'aurais préféré grandir avec une maman, bien sûr, mais ma mère a fait son choix.

— Un choix que vous n'auriez jamais fait vous-même.

— Non, je ne crois pas.

Sans réfléchir, elle posa les mains sur son ventre. Son bébé n'était qu'un petit agglomérat de cellules, mais déjà, elle ne pouvait imaginer s'en séparer.

— Le pire… Enfin, peut-être pas le pire, mais un des aspects les plus désagréables a été le déluge des ragots dans le village. Quoi que je fasse, je restais toujours la fille dont la mère s'est enfuie avec un élève. Les gens ne me voient que de cette façon.

— Pas moi. Je suis désolé de ce que vous avez subi.

Elle hocha la tête avec un sourire.

— Je suis sûre qu'il y a des enfants qui connaissent des situations mille fois pires. Vous, par exemple : je suis presque certaine que c'est votre cas.

Il se crispa.

— C'est votre manière de me dire que c'est mon tour de vous raconter mon enfance ?

Oui. Le seul problème, c'était que, même si elle avait besoin de l'entendre pour le bien de Daisy et Ryan, elle n'était pas sûre d'en avoir très envie. Elle se sentait déjà trop proche de cet homme. Elle avait partagé avec lui bien plus que prévu et, quand elle était près de lui, elle avait l'impression que l'univers rétrécissait autour d'eux, comme s'ils étaient seuls au monde.

Quand elle connaîtrait ses secrets, elle risquait d'avoir du mal à faire marche arrière. Malgré tout, si elle voulait aider Daisy et Ryan, elle n'avait pas le choix, elle avait besoin de savoir.

— Oui, racontez-moi.

Pourquoi devrait-il lui raconter la vérité ? Pourquoi ne pas mentir et s'inventer une enfance peut-être pas parfaite, mais normale ? Pourquoi ne pas prétendre, comme on l'avait toujours fait dans la famille, que tous les Bryce étaient des gens honnêtes et respectables ?

Il croisa ses prunelles aussi brillantes que deux émeraudes et, comme hypnotisé, se figea. Il lui dirait tout, il lui devait l'honnêteté.

Quel était donc ce pouvoir qu'elle possédait ? Quelle était cette emprise qu'elle avait sur lui ? Il avait l'impression que sa détermination à faire ce qu'il fallait l'avait contaminé. Maintenant, à son contact, il était prêt à tout pour échapper à la malédiction des Bryce.

Il avait tellement envie de croire qu'il pouvait permettre à Daisy et Ryan d'avoir une vie normale et rendre leur avenir plus brillant !

Pour y parvenir, le seul moyen était de dire la vérité à la femme qui lui faisait face. Tout de suite.

— Ma famille… La famille Bryce… possède des terres, du pouvoir et de l'influence en Écosse depuis des centaines d'années. Et sa réputation a toujours été impeccable. Aucun scandale, aucune maîtresse, aucun enfant illégitime. Pas de difficultés financières, pas même un domestique renvoyé dans des circonstances suspectes. Les hommes de la famille ont combattu dans toutes les guerres avec courage et détermination. Les femmes Bryce ont donné consciencieusement un héritier à chaque génération. La famille est admirée dans toute la région.

« Et nous devons continuer ainsi, mon fils », avait coutume de lui répéter son père. Et c'était ce qu'il faisait, d'ailleurs. Ne poursuivait-il pas l'héritage des Bryce en gardant Heather au château, l'empêchant ainsi de révéler le scandale de sa liaison avec Ross ?

D'un autre côté, maintenant qu'elle lui avait parlé de sa mère, il avait la certitude qu'elle ne révélerait jamais à personne ce qui s'était passé. Elle ne prendrait pas le risque d'être à son tour l'objet de ragots. Or avouer qu'elle portait l'enfant d'un comte qui avait perdu la vie dans ce qu'il appelait désormais des circonstances suspectes, ne manquerait pas de susciter des commérages.

Il la dévisagea et une vague de culpabilité l'envahit au souvenir de ce que Ross lui avait fait. Il avait bouleversé sa vie du tout au tout. Et, pour être honnête, lui-même ne se comportait guère mieux en forçant Heather à rester ici, à Lengroth.

— Je comprends qu'un tel niveau de perfection puisse être…

— Non !

Comment pouvait-elle croire à ce récit ? Elle qui avait rencontré Ross, elle qui en savait déjà plus sur sa famille que la plupart des gens.

— Non, répéta-t-il. Tout ça n'est qu'un tissu de mensonges.

— Pour être honnête, je commençais à me demander où Ross se situait dans ce joli tableau !

Il laissa échapper un petit rire désabusé.

— C'est drôle, mais j'ai toujours pensé que Ross était différent. Je croyais qu'il avait réussi à échapper à la malédiction des Bryce, que son mariage était idéal, que ses enfants étaient parfaits ! Et puis je suis rentrée au château après sa mort et j'ai trouvé ce… cette situation.

Il fit un mouvement de la main pour tenter d'englober à la fois le château, les enfants, les dettes, le bébé d'Heather… Et ce satané contrat avec le magazine.

— Dites-moi la vérité ! Dans quel état sont les finances ? J'ai cru comprendre qu'elles n'étaient pas florissantes.

Il soupira.

— Ce n'est qu'une partie du problème, mais pour dire les choses simplement, Ross a dilapidé les revenus du domaine. Il a perdu au jeu et s'est endetté auprès de partenaires peu recommandables pour gagner du temps. Je peux m'occuper des questions financières. L'un des avantages d'être le fils cadet est que j'ai pu passer ces dix dernières années loin de Lengroth, à tracer mon chemin dans le monde. J'ai bien réussi jusqu'à présent, et l'argent ne représente plus un problème pour moi.

— Mais vous n'imaginiez pas devoir gérer le scandale d'un enfant illégitime supplémentaire, murmura-t-elle. À propos, nous n'avons même pas parlé de la façon dont nous révélerons la vérité à Daisy et Ryan quand le moment sera venu.

— Ou plutôt, nous n'avons pas décidé si nous la leur révélerons.

C'était son sang Bryce qui remontait dans ces mots, dans cet instinct qui le poussait à cacher le scandale, à imaginer qu'il suffirait de nier le problème pour le faire disparaître.

Même s'il ne pouvait prétendre qu'Heather n'existait pas.

De toute façon, il n'avait pas envie qu'elle parte.

Il repoussa cette idée qui avait surgi. La situation était assez grave comme ça. La dernière chose dont il avait besoin, c'était de développer des sentiments de quelque nature que ce soit pour une femme qui portait l'enfant illégitime de son frère.

— Si l'expérience de ma mère m'a appris quelque chose, reprit-elle d'une voix douce, c'est que la vérité finit toujours par éclater au grand jour. Si ma mère avait tout avoué à mon père dès le début, le mal aurait peut-être été moindre.

Cal avait du mal à imaginer qu'une relation entre un professeur et son élève puisse se terminer autrement que mal, mais il ne le dit pas. Il comprenait le point de vue de Heather.

— Nous en reparlerons, promit-il.

— À propos, vous m'avez parlé de Ross adulte, mais comment était-il enfant ? Et quand vous dites que la bonne réputation de votre famille n'était qu'une façade, vous ne faites pas uniquement référence à lui, n'est-ce pas ?

Il baissa les yeux. Apparemment, il avait du mal à la regarder pendant qu'il lui avouait la vérité. Celle-ci était-elle si monstrueuse que ça ?

Heather se doutait que Ross n'était pas un saint, mais Cal, lui, avait l'air d'un homme respectable, même s'il ne connaissait pas grand-chose à l'amour.

— À chaque génération, les hommes de la famille Bryce ont trompé leurs femmes, continua-t-il. Tous buvaient, tous ont fait souffrir des gens, les ont humiliés… Ils sont simplement meilleurs que la plupart des gens pour le dissimuler.

Tout cela n'était pas très positif, mais beaucoup de gens buvaient trop ou jouaient aux courses. Son propre père avait succombé à l'alcool pendant quelque temps.

— Quand vous dites qu'ils ont fait souffrir des gens…

— Je pèse mes mots. Ross avait d'ailleurs l'habitude de se mettre devant moi pour me protéger des gifles de mon père, de ses coups de ceinturon ou, simplement, de ses insultes. Mais mon père trouvait toujours un moyen de m'atteindre, sauf quand il était trop ivre pour tenir debout. Vous savez pourquoi je suis capable de retrouver les enfants quand ils vont se cacher, alors que les nounous ne le peuvent pas ? Parce que je connais toutes les cachettes de ce château ! Je me suis caché partout : dans le placard, sous l'escalier principal… Ce jour-là, d'ailleurs, mon père était tellement furieux qu'il a lancé mon chien dans l'escalier. Le pauvre animal s'est brisé le cou…

Heather frissonna et tendit la main pour tenter de lui offrir un peu de réconfort, mais il la repoussa.

— Cette cruauté n'a pas réussi à me faire sortir de mon placard. J'y suis resté jusqu'à ce que Ross vienne me chercher, au milieu de la nuit.

— C'est terrible. Je suis vraiment désolée.

Pas étonnant qu'il se croit incapable d'aimer des enfants comme un père. Il n'avait aucun modèle à suivre.

— Votre père était violent, mais cela ne veut pas dire que tous les hommes de votre famille l'étaient aussi. Ross n'était pas… Enfin, je sais qu'il n'était pas fidèle à sa femme, mais…

— Pour autant que je le sache, il n'a jamais frappé ses enfants, si c'est ce que vous me demandez.

Elle poussa un soupir de soulagement.

— Je n'ai passé qu'une nuit avec Ross, et cela m'a suffi pour me rendre compte qu'il avait ses défauts, mais il ne m'a pas donné l'impression d'être un homme cruel.

— Il trompait tout de même sa femme et il vous a menti sur sa situation familiale !

— C'est vrai. Mais ce n'est pas parce que lui et votre père se comportaient mal que toute votre famille est mauvaise.

Ou qu'il était incapable d'offrir à Daisy et Ryan la chaleur familiale dont ils avaient besoin.

— Il n'y avait pas que Ross, ou notre père. Vous savez, ce fantôme dont tout le monde parle et qui servait d'excuse aux nounous pour partir ? Eh bien, c'est celui d'une jeune femme qui était employée ici, il y a une centaine d'années. L'histoire raconte qu'elle a eu une aventure avec un garçon d'écurie, qu'elle est tombée dans l'escalier en essayant de s'enfuir avec lui et qu'elle s'est fracassé la tête.

— C'est horrible !

— Certes, mais c'est un mensonge. C'est mon arrière-arrière-grand-père qui l'a engrossée puis reniée. Quand elle a menacé de révéler la vérité au village, il l'a poussée dans un escalier.

— Comment pouvez-vous en être sûr ?

— Parce que mon père menaçait d'agir de la même façon si Ross mettait une fille enceinte sans être marié.

— Ce qu'il a fait avec moi…

Chaque génération d'hommes Bryce, avait-il dit, mais pas lui. Quoi qu'il en pense, Heather avait la certitude qu'il ne lui ferait jamais de mal, à elle.

Cal lui adressa un clin d'œil.

— Et maintenant, avec tout ce que je vous ai raconté, vous êtes sûre de vouloir rester ?

— J'ai confiance en vous, répondit-elle en le regardant droit dans les yeux. Vous ne me ferez jamais aucun mal.

— Comment pouvez-vous en être sûre ? se récria-t-il. Comment pouvez-vous savoir que je ne suis pas comme les autres ?

— Parce que vous m'avez demandé de venir ici ce soir pour vous apprendre à aimer votre nièce et votre neveu. Vous êtes quelqu'un de bien, Cal. Je ne suis là que depuis deux jours, mais j'en suis sûre. Alors si on essayait maintenant d'oublier le passé pour se concentrer sur l'avenir, pour une fois ?

— Je vous paye bien, vous le savez comme moi, mais pouvez-vous me jurer que c'est la seule raison pour laquelle vous restez ? N'est-ce pas plutôt pour gagner du temps et éviter d'avoir à annoncer votre grossesse hors mariage dans votre village natal ?

Cette fois, Heather baissa les yeux, mal à l'aise.

— Je n'ai jamais dit que ce n'était pas une des raisons. Mon père ne mérite pas d'être à nouveau l'objet des commérages.

— Et vous non plus.

Il lui prit la main, et elle riva son regard au sien. Toute colère avait disparu. À la place, elle ne voyait qu'une expression qu'elle ne parvenait pas à déchiffrer, mais qui lui serrait le ventre.

Était-ce son bébé ? Non, impossible, elle n'était enceinte que de dix semaines. Son trouble avait une autre origine.

Une origine qui l'effrayait et à laquelle elle ne voulait pas réfléchir.

— Nous trouverons une solution, ensemble, d'accord ?

— D'accord.

Elle le croyait. Elle ignorait comment ils y parviendraient, mais elle le croyait.

# 9.

La peau douce d'Heather sous ses doigts et le vert de ses yeux l'ébranlaient. Que Dieu lui vienne en aide ! Elle le croyait sincèrement différent, elle était sûre qu'il n'était pas comme les autres hommes de sa famille… Pourvu qu'elle ne reste pas assez longtemps au château pour découvrir qu'elle avait tort et être déçue !

Son regard remonta vers les boucles cuivre qui tombaient en cascade sur les épaules de la jeune femme, et il fut tenté d'y enfouir les doigts. Il mourait d'envie d'attirer Heather contre lui, de laisser ses mains glisser le long de son corps parfait, d'effleurer ses courbes envoûtantes, puis de capturer sa bouche pour ce baiser qu'il devinait inévitable.

Stop ! Il rêvait. Rien de tout cela n'était possible, il ne devait pas l'oublier.

Pourtant, s'il s'emparait de sa bouche, elle ne le repousserait pas, il le voyait dans son regard. Elle le désirait autant que lui.

Était-ce parce qu'ils s'étaient livré leurs secrets que cet incroyable lien les unissait à présent ? Ou leur attirance était-elle primaire, fondée sur le seul désir ? À moins que ce ne soit le résultat de l'étrange confiance que cette femme avait fait naître en lui…

Peut-être était-ce un mélange de toutes ces hypothèses. Il désirait Heather parce qu'elle était belle et qu'avec elle il se sentait bien, il n'avait pas besoin de jouer la comédie. Elle connaissait la vérité désormais, et il pouvait donc être lui-même. Et surtout il lui faisait confiance, et c'était un sentiment merveilleux.

Le seul problème, c'était qu'il ne pouvait pas céder à son désir, succomber à la tentation. C'était impossible.

Oui, Heather lui avait offert une lueur d'espoir en affirmant qu'il avait le pouvoir de vaincre la malédiction, mais elle était enceinte de l'enfant de son frère. Il n'allait tout de même pas créer un nouveau scandale en la séduisant. Surtout maintenant qu'il savait combien elle avait déjà souffert d'être l'objet de commérages.

Il se força à se reprendre et recula. La petite flamme qui brillait dans ses prunelles émeraude vacilla puis s'éteignit.

Heather lui adressa un petit signe de tête.

Elle comprenait. Laisser libre cours à leur désir mutuel n'était pas une bonne idée. Ils le savaient tous les deux et ils n'avaient d'autre choix que l'accepter.

— Je devrais peut-être retourner voir les enfants… Je vais vérifier qu'ils dorment bien, murmura-t-elle en se levant. Oh ! j'ai oublié de vous dire, j'ai appelé l'hôpital. J'ai rendez-vous pour une échographie dans deux semaines.

— Je vous emmènerai.

— Ce ne sera pas nécessaire. Mieux vaut que vous vous occupiez des enfants en mon absence.

— Mme Peterson s'en chargera. Vous ne devez pas être seule pour cet examen.

Quoi qu'il se passe - ou ne se passe pas - entre eux, accompagner Heather à son échographie était la bonne chose à faire. Or Heather faisait toujours ce qu'il fallait pour les autres. Il était temps que d'autres agissent ainsi avec elle.

— D'accord.

— Alors c'est noté !

Elle lui sourit, et il se noya dans ses prunelles claires. Plusieurs minutes auraient pu s'écouler et il ne s'en serait même pas rendu compte, tellement elles l'hypnotisaient.

Comment allait-il pouvoir résister ? Il n'en avait pas la

moindre idée. Parfois, les tentations étaient trop fortes pour qu'on les combatte longtemps…

Après le baiser qu'ils avaient failli échanger mais qui n'avait pas eu lieu, les journées s'écoulèrent lentement, succession de moments normaux et de moments troublants.

Heather analysait la moindre de ses interactions avec Cal, comme le jour où elle passa le voir avec un nouveau livre à lire et le trouva la tête entre les mains. Elle s'était arrêtée sur le seuil de son bureau, hésitant à entrer, et il avait levé les yeux en lui adressant un sourire fatigué, avant de tendre la main.

Connaissant Cal, il n'aurait pas agi ainsi s'il n'avait pas été profondément épuisé.

Il travaillait beaucoup et se levait très tôt, de façon à pouvoir consacrer du temps aux enfants l'après-midi, après leurs cours. Il se remettait au travail après dîner, puis retrouvait Heather dans son bureau pour les cours particuliers. Avec un tel rythme, il n'était pas étonnant qu'il soit exténué.

Ce jour-là, elle avait pris sa main et il l'avait attirée à lui, pour venir appuyer la tête contre son ventre. L'espace d'un instant, le temps d'un battement de paupières, elle avait cru que c'était son bébé à lui qui grandissait en elle. Elle avait cru qu'ils étaient vraiment ensemble dans cette aventure.

Lorsqu'il avait repris ses esprits et l'avait lâchée, elle avait failli trébucher tant son mouvement avait été brusque.

— Je suis désolé, s'était-il excusé.

Pour toute réponse, elle avait secoué la tête. Elle, elle ne l'était pas. Hélas, elle devait se contenter de ces moments volés. Elle ne pouvait espérer plus, elle le savait.

Elle avait posé le livre sur son bureau et était repartie sans un mot.

Mais la plupart du temps, quand ils étaient ensemble, les enfants étaient également présents. Ils se promenaient tous les quatre dans la forêt, le long de la rivière, ou encore au village.

Avec Daisy et Ryan, Cal semblait de plus en plus détendu, et c'était réciproque. Apparemment, les leçons particulières commençaient à porter leurs fruits.

Même si les cours eux-mêmes étaient source de tension.

Chaque soir, ils se retrouvaient dans le petit salon et parlaient de Daisy et Ryan, de la façon dont ils avançaient dans leurs révisions, de la manière dont ils pouvaient tous les deux les soutenir ou des psychologues qu'il leur avait trouvés pour qu'ils puissent parler librement de la mort de leurs parents. Ils discutaient aussi de discipline et des moyens de réagir aux cauchemars de Daisy. Ils parlaient de tout, librement, du moins, tant que cela concernait les enfants.

Jamais ils n'abordaient les secrets qu'ils avaient partagés dans cette pièce quelques jours plus tôt, jamais ils n'évoquaient le baiser qu'ils auraient à coup sûr échangé si les circonstances avaient été différentes et si elle n'avait pas été enceinte de l'enfant de Ross.

Et pourtant, derrière toutes leurs conversations, elle percevait l'écho de ce baiser manqué. Elle le sentait dans la voix de Cal, dans son comportement. Le lien qu'elle avait ressenti cette nuit-là n'avait pas disparu. Il bouillonnait simplement sous la surface de leurs conversations.

Malheureusement, il ne devait surtout pas réapparaître au grand jour.

Elle s'assurait donc qu'ils restent chacun sur sa chaise pendant le cours. Elle évitait de frôler ses doigts quand elle lui passait un livre ou une feuille. Elle baissait les yeux, quand elle souriait, de peur qu'il ne lise son désir dans ses prunelles.

Certains soirs, elle y parvenait. D'autres soirs, elle avait plus de mal.

— Je pense qu'il est temps pour vous de commencer à vous occuper des enfants tout seul.

— Tout seul ? Mais… Je le fais déjà ! Nous sommes même allés à Lengroth la semaine dernière !

— Vous l'avez fait une fois. Et je pensais à une sortie un peu plus longue, un peu plus loin.

— Pourquoi ? demanda-t-il d'une voix plaintive qui lui fit penser à celle de Ryan, quand elle lui ordonnait de faire ses devoirs.

— Parce que je vous rappelle que notre objectif, c'est que vous puissiez vous occuper d'eux tout seul après mon départ.

Une ombre voila le regard de Cal, et elle devina que son sourire à elle s'était également effacé. Elle n'aimait pas penser au jour où elle quitterait Lengroth, et pas seulement parce que cela signifiait que Daisy et Ryan partiraient en pension.

À moins qu'elle ne puisse convaincre Cal de renoncer à ce projet.

— Pour le moment, vous êtes encore là, insista Cal. Et j'ai encore beaucoup à apprendre.

— Mes leçons ne servent à rien si vous n'êtes pas capable de les mettre en pratique.

— Je pensais que je les appliquais déjà.

— C'est le cas.

En fait, il se débrouillait tellement bien qu'elle prenait du recul avec les enfants chaque fois qu'il était dans la pièce. Il n'en était peut-être pas conscient, mais il faisait déjà tout ce qu'il fallait. Il devait juste passer à l'étape supérieure, sans qu'elle soit là comme un filet de sécurité.

— C'est pour cette raison qu'il est temps pour vous d'en faire un peu plus.

— Je ne vois même pas où je pourrais emmener les enfants.

— Emmenez-les au bowling, au cinéma, au golf miniature… Peu importe.

— J'ai rendez-vous avec mon avocat à Édimbourg après-demain.

— Je pensais à une activité un peu plus amusante pour eux.

— Je sais bien, mais vous pourriez venir avec moi. Vous vous occuperiez des enfants pendant mon rendez-vous, puis je prendrais le relais, et nous nous retrouverions ensuite tous ensemble pour dîner avant de rentrer.

— Voilà une excellente idée !

— Alors le rendez-vous est pris.

Elle savait que les moments comme celui-ci, quand la réalité lui rappelait qu'elle ne pourrait jamais embrasser Cal Bryce, allaient finir par la rendre folle.

Après réflexion, cette sortie avait été une très mauvaise idée.

Les touristes étaient trop nombreux dans la ville, sans doute à cause du festival Fringe. En plus, son rendez-vous avec l'avocat s'était mal passé et il pleuvait.

— Alors, qu'avez-vous envie de faire ? demanda-t-il néanmoins à Daisy et Ryan alors qu'ils s'abritaient tous les trois sous l'auvent d'un magasin.

Pour toute réponse, Daisy haussa les épaules, et Ryan secoua la tête.

— Merci pour votre aide, les enfants !

— On ne sait pas ce qu'il y a à faire ici, riposta Daisy. Chaque fois que maman nous emmenait ici, c'était pour faire du shopping.

— Et moi, je n'ai pas envie de faire du shopping, précisa Ryan sans attendre.

— D'accord.

Il se passa une main sur le visage, essayant de se souvenir de ce qu'il aimait faire en ville lorsqu'il était enfant.

Pour être honnête, il appréciait surtout d'être loin de Lengroth.

Et soudain, une idée de génie lui vint.

— Suivez-moi !

Sous la pluie, ils prirent la direction du château d'Édimbourg.

— Nous vivons déjà dans un château, tu n'as pas besoin de nous emmener en visiter un autre.

— Faites-moi confiance…

Ils s'arrêtèrent devant un bâtiment ancien, et il les poussa à l'intérieur, à l'abri de la pluie.

— Le musée de l'Illusion ?

— C'est quoi, une *Camera Obscura* ? s'enquit Ryan, curieux, en lisant le panneau au-dessus de l'entrée.

— Vous allez voir.

Dans sa tête, il imaginait faire découvrir aux enfants différents tours de magie et des illusions à couper le souffle, et aussi leur expliquer les trucs. Mais sitôt leurs billets en main, Daisy et Ryan filèrent tous deux dans des directions opposées, et il se retrouva seul.

Il allait se mettre en colère lorsqu'il se reprit et se força à se contrôler. Les enfants étaient simplement excités, ils n'avaient rien fait de mal.

Toutefois, quand Ryan passa en courant devant lui, quelques minutes plus tard, il lui prit la main en ignorant ses protestations, et ils partirent chercher Daisy.

— Bon, laissez-moi vous expliquer les règles, leur dit-il lorsqu'ils se retrouvèrent tous les trois réunis à côté d'un miroir qui leur donnait l'air de géants.

« Annoncez vos attentes ! », lui disait toujours Heather. « Les enfants aiment savoir à l'avance quelles seront les limites. »

Ces conseils en tête, il se força à parler d'un ton calme.

— On reste ensemble, d'accord ? Nous pouvons tout visiter dans le musée, rester aussi longtemps que vous le souhaiterez, mais à condition de le faire ensemble. Et nous terminerons avec la *Camera Obscura*.

— Je ne sais toujours pas ce que c'est, grommela Ryan.

— Nous allons vite le découvrir, répondit-il, en décidant de prendre leur absence de réponse comme une acceptation tacite.

Daisy leva les yeux au ciel mais le suivit quand même.

Pendant que les enfants regardaient avec fascination quelques illusions d'optiques, il vérifia discrètement ses messages sur son portable. Daisy lui lança un regard noir, mais comme son frère et elle semblaient passer un bon moment, il ne s'en inquiéta pas.

Lorsqu'ils arrivèrent dans la salle Ames, où une illusion d'optique donnait l'impression aux visiteurs de grandir ou de rapetisser au rythme de leurs déplacements, il prêta son téléphone à sa nièce pour qu'elle puisse prendre quelques photos amusantes. Ils pénétrèrent ensuite dans un tunnel de lumière puis enjambèrent un impressionnant pont métallique où le vertige le saisit.

— Où est Ryan ? demanda-t-il à Daisy alors qu'il descendait de l'autre côté et reprenait ses esprits.

— Il est parti dans le labyrinthe de miroirs. Je vais aller le chercher.

Elle s'éloigna en courant avant qu'il ait pu l'arrêter. Mal à l'aise, il la suivit.

Ou plutôt, il suivit leurs éclats de rire, car tout ce qu'il pouvait voir dans ce labyrinthe, c'était lui-même, reflété partout, comme un rappel de ce qu'il était, de ce qu'il serait toujours, un Bryce, avec son cortège de scandales.

Malgré tous ses efforts, il n'arriva pas à rattraper Daisy et Ryan.

— Voilà le pire cauchemar pour des parents, marmonna-t-il en manquant de s'écraser contre un autre miroir.

*Des parents.* Il était le père, ou presque, de ces enfants. Et même s'il avait encore un long chemin à parcourir pour apprendre à s'occuper d'eux, sans parler de les aimer, il faisait des progrès. La preuve ? Il était ici, dans un fichu labyrinthe, au lieu d'attendre dehors avec son téléphone.

C'était une première étape.

Retrouvant sa confiance, il tourna à gauche et se dirigea tout droit vers un autre miroir.

— Par ici, oncle Cal !

Il se retourna et découvrit Ryan, qui attendait derrière lui.

— Viens avec moi !

Cette fois, ce fut son neveu qui lui prit la main et le guida. Surpris, il sourit. Finalement, il passait un bon moment.

# 10.

— Et puis, sur le toit, il y a une caméra magique qui permet de voir toutes les rues d'Édimbourg, en direct, mais en tout petit. Nous t'avons cherchée, mais nous ne t'avons pas vue. Et le monsieur qui faisait le spectacle a construit un pont par-dessus la ville miniature et on l'a traversé à pied et c'était génial !

Ryan termina son récit et, essoufflé, but une grande rasade de la boisson multicolore qu'il avait commandée. Elle regrettait un peu de lui avoir accordé la liberté de choisir son menu, mais tant pis.

— Une caméra magique, répéta-t-elle, curieuse, en se tournant vers Cal.

— Cette invention s'appelle la *Camera Obscura*. Avez-vous déjà visité ce musée ?

— Non, pas encore.

Il ouvrit la bouche, comme s'il voulait lui proposer de l'accompagner mais la referma brusquement. Tant pis.

— Et toi, tu as passé un bon après-midi ? demanda-t-elle alors à Daisy.

— Ça va, concéda la fillette en haussant les épaules.

Elle adressa un petit sourire à Cal. De la part de Daisy, il s'agissait d'un véritable compliment. Les laisser passer l'après-midi ensemble avait été une très bonne idée. De son côté, elle avait pu faire du shopping et acheter les quelques vêtements dont elle avait besoin, notamment des soutiens-gorge de grossesse, difficiles à choisir en ligne.

Sur la route du retour, alors que Ryan dormait et que Daisy écoutait de la musique dans ses écouteurs, elle se tourna vers Cal.

— J'ai l'impression que vous avez passé un bon après-midi, en fait.

Il lui répondit par un sourire, hésitant, mais révélateur.

— Oui. Il y a une grande différence entre quelques heures dans une attraction touristique et la vie normale, mais c'était formidable. C'est un début, non ?

— Un très bon début, acquiesça-t-elle en essayant d'ignorer la vague de chaleur qui la gagnait.

Hors de question de tomber amoureuse de son patron. Hors de question de tomber sous le charme du frère du père de son enfant, même s'il était beau comme un dieu quand il souriait. Cela n'arriverait jamais.

En tout cas, elle l'espérait.

— Daisy a bien réussi son devoir d'histoire cette semaine, lui annonça-t-elle, quelques jours plus tard, en lui tendant la rédaction de la fillette.

Malgré ses progrès, Cal insistait pour continuer leurs leçons particulières. Elles ressemblaient cependant de plus en plus à un simple bilan de la journée.

— Pourquoi ne suis-je pas surpris ? répondit-il en lui souriant, le regard rempli de fierté.

Elle lui sourit en retour. Au même instant, leurs doigts se touchèrent et, instantanément, les yeux de Cal s'assombrirent et son pouls à elle s'emballa. Encore une fois !

Était-ce cela que sa mère avait ressenti lorsqu'elle était tombée amoureuse de ce garçon qui lui était interdit ? Elle était mariée et il avait treize ans de moins qu'elle… Sa mère avait dû savoir qu'il s'agissait d'une mauvaise idée. Et pourtant, elle était tombée amoureuse de lui et avait même été si dévorée par l'amour et le désir qu'elle avait succombé et tout abandonné pour ce jeune homme.

Elle, heureusement, n'était pas aussi stupide.

Elle n'était peut-être pas capable de refouler les sentiments qui la submergeaient chaque fois qu'elle était avec Cal, mais elle pouvait les nommer. Attirance… Désir… Elle pouvait également les qualifier : tout à fait inappropriés.

Elle retira sa main et reporta son attention sur ses notes. Elle avait découvert que, si elle ne rejoignait pas le bureau de Cal avec une liste de sujets à aborder, elle risquait d'oublier ce qu'elle voulait lui dire et la conversation glisserait alors vers des sujets interdits.

Comme le fait qu'elle avait très envie de l'embrasser.

Elle n'avait pas ressenti une telle attirance pour Ross, ni pour aucun autre homme, d'ailleurs.

Ross était beau, charmant et charismatique. Elle avait trop bu et avait passé une mauvaise journée qu'elle souhaitait oublier. Il avait envie d'elle et elle, de son côté, cherchait quelqu'un pour lui remonter le moral… Cela avait suffi pour qu'elle prenne une mauvaise décision.

Mais avec Cal… Le mot envie n'était pas assez fort pour décrire le sentiment qui la submergeait chaque fois qu'elle le voyait. Ils ne s'étaient jamais embrassés et, pourtant, son corps se mettait à vibrer, à palpiter, sitôt qu'elle se trouvait dans la même pièce que lui.

— Et Ryan ? reprit Cal en se raclant la gorge.

Elle se força à revenir au présent.

— Il va bien lui aussi, même si je le trouve un peu distrait cette semaine. J'ignore pourquoi.

Il haussa les épaules, comme pour lui demander pour quelle raison elle était venue l'interroger. Elle était sur le point de lui rappeler qu'il s'agissait de son problème à lui aussi lorsqu'elle le vit blêmir.

— Zut !

— Que se passe-t-il ?

— C'est son anniversaire, ce week-end.

Heureusement, il s'en était souvenu à temps.

— Je dois absolument lui acheter un cadeau.

Il pensait qu'il ne s'agissait que d'une question de cadeau ? Déçue, elle réprima un soupir. C'était le premier anniversaire de Ryan sans ses parents, et Cal pensait qu'il suffirait de lui offrir un hélicoptère télécommandé ou quelque chose comme ça pour résoudre le problème ?

En y réfléchissant, un hélicoptère était une bonne idée, mais ce ne serait pas suffisant. Ryan avait besoin de plus.

— Je crois que j'ai une idée.

Pourquoi était-ce une si bonne idée d'organiser une fête pour l'anniversaire de Ryan ? Cal l'ignorait. À dire vrai, il trouvait même que l'idée était mauvaise, mais Heather semblait sûre d'elle, alors…

— C'est l'occasion idéale pour vous de lui montrer que vous êtes là, qu'il n'est pas abandonné et que vous savez des choses importantes sur lui.

— Comme la date de son anniversaire.

— Comme ce qu'il aime et ce qui lui fait plaisir.

Il soupira.

— C'est bien là le problème, je n'ai aucune idée de ce qu'il aime.

— Ce n'est pas grave. Son anniversaire est samedi, vous avez encore trois jours pour le découvrir. Vous vous êtes bien débrouillé à Édimbourg, vous vous en sortirez cette fois-ci.

Si seulement il s'était souvenu de cet anniversaire plus tôt, il aurait gardé la visite de la *Camera Obscura* pour cette occasion. Maintenant, il séchait.

Il avait bien interrogé Daisy sur les habitudes familiales, mais la réponse de la fillette ne l'avait pas beaucoup aidé.

— La plupart du temps, nous faisons juste un goûter d'anniversaire à la maison, avait-elle répondu en haussant les épaules. Maman achète un gâteau à la pâtisserie et, parfois, nous invitons quelques amis.

Le gâteau, il pouvait gérer. En revanche, les amis… D'un autre côté, d'après ce qu'il avait observé depuis son retour, les enfants n'en avaient pas ou n'en voulaient pas. Ils semblaient préférer la compagnie l'un de l'autre.

S'il se souvenait bien d'une de ses lectures conseillées par Heather, c'était probablement parce qu'ils étaient les seuls à comprendre ce qu'ils avaient vécu.

Un peu comme lui et Heather, en fait. Ils avaient tous deux été déçus par une personne qu'ils aimaient et avaient tous deux dû faire face au scandale, ou à la crainte du scandale.

Raison de plus pour ne pas gâcher la situation en l'embrassant. Même s'il en mourait d'envie. Tout le temps. Sauf quand elle lui commandait d'organiser une fête pour Ryan.

Avec son aide, il finit toutefois par mettre un programme sur pied. Quant à savoir s'il plairait à Ryan, il l'ignorait, mais au moins, il faisait des efforts.

Il s'en sortirait, se répéta-t-il pour se convaincre. Si organiser une fête nécessitait d'avoir un plan précis avec des objectifs et une marche à suivre, il n'aurait aucune difficulté à le faire.

C'était gérer ses émotions qui lui posait un problème.

Le samedi suivant, le soleil brillait. Tant mieux pour ses projets. Mme Peterson prépara des crêpes pour le petit déjeuner, et Ryan ouvrit ses cadeaux.

Sans surprise, Heather lui avait offert des livres, mais comme il s'agissait d'histoires de monstres et de petits garçons courageux qui les capturaient, Ryan se montra ravi. Daisy avait dépensé une partie de son argent de poche à la confiserie la dernière fois qu'ils étaient descendus au village, si bien que Ryan avait désormais assez de sucreries pour des mois. Mme Peterson lui avait acheté un pull-over bien chaud et, sur les conseils d'Heather, lui-même lui avait acheté un hélicoptère télécommandé.

— C'est génial ! Merci, oncle Cal !

Soulagé, Cal adressa un sourire reconnaissant à Heather.

— Je suis content qu'il te plaise. Et si on passait la journée dehors pour le tester ?

— Toute la journée ? On ne travaille pas d'abord ? s'étonna le petit garçon.

— Il n'y a jamais de cours les jours d'anniversaire. C'est la règle.

— Pour moi non plus ? demanda Daisy, pleine d'espoir.

— Absolument. Allez donc vous préparer et rendez-vous dans vingt minutes devant la porte d'entrée.

— Jusqu'ici tout va bien, lui murmura Heather une fois les enfants sortis.

— Nous n'en sommes qu'au début.

Ces derniers jours, il avait réfléchi aux moments où Ryan était le plus heureux et il était arrivé à la conclusion que c'était lorsqu'ils étaient dehors. Ryan était un garçon, après tout, il était toujours en mouvement et, à l'extérieur, il pouvait courir et sauter à sa guise.

Et, aujourd'hui, il pourrait aussi piloter son nouvel hélicoptère.

— Vous êtes presque plus excité que lui, fit remarquer Heather lorsqu'ils furent dans la voiture.

Il avait choisi un lieu de promenade que lui et Ross adoraient explorer quand ils étaient enfants. À la limite du domaine, se trouvait une vallée traversée par un ruisseau, entre deux collines escarpées sur lesquelles poussaient de la bruyère pourpre et des ajoncs.

Ce lieu était parfait pour une promenade en famille, un pique-nique au soleil, le premier vol de l'hélicoptère télécommandé et, surtout, pour découvrir si la caméra embarquée pouvait vraiment être dirigée depuis son téléphone portable.

Et la réponse était positive.

Pendant qu'ils s'installaient pour le déjeuner d'anniversaire, il passa en revue les premières images avec Ryan.

Quand les cheveux de son neveu lui effleurèrent la joue, quelque chose se serra dans sa poitrine. Était-ce ce qu'il cherchait depuis toutes ces semaines, ce lien avec ces enfants qu'il ne connaissait pas et qu'il ne pouvait pas comprendre ? Peut-être. Aujourd'hui, il ne percevait pas cette tension qu'il avait ressentie à Édimbourg, quand il se demandait encore comment passer du temps avec les enfants. Peut-être les leçons d'Heather commençaient-elles à porter leurs fruits.

Pressé de partager ce moment avec elle, il leva les yeux et s'aperçut qu'elle le regardait avec le plus doux des sourires. En fait, elle avait déjà tout compris.

— C'est l'heure du gâteau ? demanda soudain Daisy. Je ne suis venue que pour ça, moi !

Sans attendre, Heather sortit une grande boîte du panier à pique-nique et alluma des bougies.

Ils chantèrent en chœur « Joyeux anniversaire », le petit garçon souffla les bougies, et Cal prit une photo pour immortaliser le moment.

Ce moment où il avait enfin commencé à faire quelque chose de bien.

Il ne restait plus qu'à espérer qu'il puisse continuer sur sa lancée.

À voir Cal et Ryan s'amuser ensemble à faire voler l'hélicoptère, Heather avait l'impression que son cœur allait exploser de bonheur.

Daisy et elle marchaient tranquillement derrière les garçons, profitant du petit vent frais d'été qui remontait depuis le ruisseau.

Elle ne se souvenait pas de la dernière fois où elle avait paressé ainsi au soleil. Un peu plus tôt, Cal et elle étaient restés assis dans un silence agréable pendant que les enfants cueillaient des fleurs. Pour une fois, la tension sexuelle entre eux semblait s'être estompée.

Jamais encore, depuis son arrivée à Lengroth, elle ne s'était sentie aussi heureuse, et avec l'impression qu'elle était à sa place.

— C'est toi qui lui as dit de faire tout ça ? lui demanda soudain Daisy. Tous ces trucs d'anniversaire ?

— En fait, non. Il s'est souvenu que c'était l'anniversaire de Ryan, et j'ai simplement suggéré qu'il organise quelque chose de spécial. Mais c'est lui qui a tout organisé.

— Il m'a posé des questions pour le gâteau.

— Il voulait que la journée soit une réussite. Pour Ryan.

— Pourquoi ?

Daisy avait l'air surprise de voir son oncle faire tant d'efforts.

— Avant la mort de papa et de maman, il ne s'est jamais soucié de nous. On ne le voyait presque jamais, sauf parfois à Noël.

— Les choses ont changé maintenant.

— Comme si je n'étais pas au courant…

— Il est votre tuteur. Il ne sait peut-être pas encore très bien s'occuper de vous, mais c'est toujours difficile au début. Pense à tes parents. Un jour, ils sont devenus parents, ils sont devenus responsables d'un petit être humain. Un tel changement doit être un peu déroutant.

— Ils ont eu neuf mois pour se préparer à mon arrivée, répondit Daisy, visiblement sceptique.

Heather remarqua presque trop tard qu'elle avait posé une main sur son ventre, comme pour protéger son secret. Elle la retira aussi naturellement que possible en priant pour que Daisy n'ait rien deviné. Ils avaient en effet décidé, avec Cal, de ne rien dire aux enfants avant l'échographie des douze semaines.

D'ailleurs, comment allaient-ils leur en parler ? Elle n'en avait pas la moindre idée.

— Même avec du temps, s'occuper d'un enfant est un véritable défi auquel il est très difficile de se préparer, poursuivit-elle.

Elle-même ne serait certainement pas prête dans six mois. D'ailleurs, elle ne savait même pas où elle allait vivre.

— Oncle Cal n'a pas eu ces neuf mois pour se préparer.

— Exactement !

— Alors cet été… C'est un peu comme la grossesse d'oncle Cal. Il apprend comment s'occuper de nous et tu l'aides.

— Du moins, j'essaie.

— Tu ne t'en sors pas trop mal. En tout cas pas aussi mal que les autres nounous.

La fillette se tut et courut rattraper son frère et son oncle.

Heather la regarda se jeter dans les bras de Cal. Celui-ci allait-il se plaindre ? Reculer ? Crier ? Non, il éclata de rire et son rire résonna dans toute la vallée.

Ryan avait passé une bonne journée pour son anniversaire, et Daisy s'était un peu ouverte à elle. Et en plus, Cal avait ri. Que pouvait-elle demander de plus ?

Il lui restait juste à trouver le moyen d'arranger la situation pour elle et son bébé. Cela commencerait par l'échographie du mercredi suivant.

# 11.

En ce mercredi matin, la circulation en direction d'Édimbourg était particulièrement dense. Si seulement il avait mis la radio ou un disque pour rompre le silence pesant qui régnait entre eux et dissiper leur nervosité à l'idée de ce qui les attendait… Malheureusement, il n'y avait pas pensé et, maintenant, il était trop tard. Allumer la radio à quelques kilomètres à peine de l'hôpital ne servirait plus à rien, sauf à souligner davantage son malaise.

— Vous allez bien ? demanda soudain Heather.

— C'est moi qui devrais vous poser cette question. Vous avez rendez-vous à l'hôpital dans vingt minutes.

— Ce n'est qu'une échographie, je n'ai pas peur.

Vraiment ? Il la trouvait pourtant tendue.

— Enfin, je n'ai pas très peur, corrigea-t-elle comme si elle devinait ses doutes. C'est juste que je ne veux pas être en retard.

— Nous ne serons pas en retard.

Pour le lui prouver, il accéléra jusqu'à dépasser la vitesse autorisée et, quelques minutes plus tard, freina brusquement devant l'entrée du centre hospitalier.

— Entrez et allez vous enregistrer pendant que je me gare. Je me dépêche.

Pour toute réponse, elle hocha la tête puis sortit de la voiture.

Sans attendre, il s'éloigna et finit par trouver une place. Elle était un peu étroite, mais il n'y en avait pas d'autre. Il courut ensuite vers l'hôpital et s'engagea si rapidement dans la porte tourniquet qu'il faillit faire un deuxième tour.

— Attention, lui cria un infirmier tandis qu'il s'accrochait à une barrière pour s'arrêter. Il ne faut pas courir comme ça… Eh, mais c'est Cal ?

Surpris, il fit un pas en arrière et dévisagea l'homme qui s'adressait ainsi à lui.

— Harry ?

Harry Malcolm était un ancien camarade de classe de l'école primaire de Lengroth, établissement qu'il avait fréquenté avant que son père ne l'envoie en pension. Le père d'Harry était le facteur de Lengroth et sa grand-mère, la plus grande pipelette de tout le village. Rien ne lui échappait, elle était au courant de tout ce qui se passait à Lengroth.

Harry lui raconterait à coup sûr qu'il l'avait croisé à l'hôpital. Super ! Il ne manquait plus que ça.

— Quelle mémoire ! l'applaudit Harry. Je n'étais pas sûr que tu te souviendrais de moi. Il paraît que tu es quasiment le comte de Lengroth, aujourd'hui.

— Je ne suis pas le comte, corrigea-t-il tout en jetant de discrets coups d'œil à droite et à gauche pour tenter d'apercevoir Heather.

Hélas, elle n'était nulle part. Peut-être avait-elle déjà rejoint le service de radiologie.

— C'est Ryan, le comte. Moi, je ne suis que son tuteur.

— Tu es tout de même responsable de tout ce qui se passe au château, non ?

— Malheureusement, oui.

Il repéra soudain des boucles cuivre qui approchaient.

Heather. Il baissa la tête. C'était bien la première fois qu'il n'était pas heureux de la voir.

Aussi discrètement que possible, il lui lança un regard noir en priant pour qu'elle comprenne qu'elle devait garder ses distances. Hors de question d'expliquer à Harry, et par extension à sa grand-mère et au reste de Lengroth, pourquoi il se rendait à la maternité avec la nounou de sa nièce et de son neveu.

— Je suis navré, mon pote, mais je dois… Il se tut et d'un geste de la main désigna le couloir.

— Pas de problème. En tout cas, j'ai été ravi de te voir, fit Harry en lui donnant une tape sur l'épaule.

Puis il s'éloigna et rejoignit une Heather qui semblait très contrariée.

— Désolé, s'excusa-t-il. Mais croyez-moi, nous ne voulions pas être vus ici ensemble par ce type.

— Peu importe. Venez, c'est par ici.

Elle avança à grandes enjambées dans un couloir décoré avec des œuvres très colorées, et il la suivit, les yeux fixés sur le balancement sensuel de ses hanches plutôt que sur les peintures au mur.

Elle était en colère, il s'en rendait compte à sa démarche rapide. Il n'avait aucun mal à lire son corps et, pourtant, il ne l'avait jamais touchée.

Mais il ignorait les raisons de sa mauvaise humeur. Elle était tout autant déterminée que lui à éviter un scandale, alors elle ne pouvait pas lui reprocher de prendre des mesures dans ce sens.

Sans doute lui donnerait-elle des explications à un moment ou un autre. En attendant, ils avaient une échographie à faire.

Elle n'aurait pas dû être fâchée, elle savait qu'elle n'aurait pas dû être fâchée. Et pourtant c'était le cas.

Elle était ici pour la première échographie de son premier enfant, peut-être son seul enfant. Il s'agissait d'un jour spécial. Était-ce trop demander que d'être traitée normalement, et non comme un problème ? Apparemment, oui.

Elle soupira. Elle savait bien ce que Cal avait essayé de faire. Dès leur arrivée dans la salle d'attente, il lui avait expliqué qui était Harry. Elle ne pouvait pas lui reprocher son attitude. Après tout, elle ne voulait pas que tout le village parle de Cal et elle, d'autant plus qu'il n'y avait pas de « Cal et elle », ils n'étaient pas en couple.

Malgré tout, une autre partie de son cerveau ne cessait de lui rappeler que le mensonge était pire que tout. Oui, c'était avant tout la liaison secrète de sa mère qui avait fait scandale, mais ses mensonges répétés n'avaient rien arrangé.

Quant à la famille de Cal, elle avait passé des générations à prétendre qu'elle était parfaite, alors que derrière les portes closes, ses membres se comportaient comme bon leur semblait, sans se soucier du mal qu'ils faisaient. Avait-elle tort de craindre que Cal finisse par perpétuer cette tradition du mensonge qu'il prétendait détester ?

— Quand allons-nous avouer la vérité à Daisy et Ryan ?

Lentement, Cal reposa le magazine qu'il feuilletait.

— Euh… Je ne sais pas. Je suppose que cela dépend de vos projets à partir du mois de septembre.

Bien sûr.

En septembre, c'est-à-dire dans quelques semaines seulement, elle quitterait Lengroth. Si elle le voulait, elle ne verrait plus jamais ni Cal, ni les enfants, et ceux-ci n'apprendraient jamais l'existence leur demi-frère ou leur demi-sœur. Si elle choisissait de partir, Cal ne la leur avouerait jamais. Le scandale serait étouffé.

Évidemment, elle serait une mère célibataire, mais cette situation n'avait plus rien d'exceptionnel, de nos jours. Elle pourrait même dire qu'elle avait fait appel à une banque de sperme, personne ne serait choqué.

Le problème, c'était que la vérité finissait toujours par éclater. Toujours.

— Je voudrais que Daisy et Ryan fassent partie de la vie de mon bébé. Ce qui impose de leur avouer la vérité.

Quelle serait la réaction dans son village natal ? Et pourquoi s'en inquiétait-elle ? Après tout, peut-être était-il temps de tourner la page, de quitter le Hertfordshire et de sortir de l'ombre du scandale de sa mère. Son père allait bien ces jours-ci, il s'en remettrait.

Avouer la vérité à Daisy et à Ryan signifiait aussi que Cal ferait partie de sa vie, comprit-elle soudain. Pour toujours.

Que ressentait-elle à ce sujet ? À vrai dire, elle ne savait pas trop. D'un côté, elle était heureuse car elle n'imaginait pas ne plus voir Cal. De l'autre, elle se demandait comment ils feraient pour ne pas céder à la tentation et finir par avoir une aventure.

Mais peut-être que tout se passerait bien. Peut-être qu'il n'y aurait aucun scandale et que personne ne se soucierait jamais de l'identité du père de son bébé.

— Je ne veux pas me précipiter, finit par répondre Cal. Les enfants ont traversé de nombreuses épreuves ces derniers mois, et nous faisons enfin des progrès. Ils se détendent, ils me laissent les approcher… La preuve, Daisy n'a rien jeté par la fenêtre depuis des semaines, depuis ce stupide canard en plastique que vous avez rapporté le premier jour.

Elle sourit à ce souvenir. Lorsqu'elle avait ramassé le canard, elle ne s'était pas doutée une seconde de là où il la mènerait.

— Je ne voudrais pas gâcher tout notre travail juste avant qu'ils partent pour l'école.

— Vous avez toujours l'intention de les envoyer en pension ?

Visiblement surpris, il se tourna vers elle.

— Évidemment, c'est ce qu'il y a de mieux pour leur éducation.

Mais était-ce la meilleure chose pour leur vie ? Elle avait des doutes.

— Heather Reid ? appela soudain une infirmière.

Et ils se levèrent en même temps.

— Prête ? lui demanda-t-il.

— Je pense que oui.

— Heather… Attendez… Je… Je suis vraiment désolé que mon frère vous ait entraînée dans toute cette histoire. Je sais que rien ne se déroule comme vous en aviez rêvé, mais sachez que je suis là si vous avez besoin de quoi que ce soit.

— Merci.

Cal avait raison. Ce n'était peut-être pas ainsi qu'elle avait imaginé sa vie, et ce n'était certainement pas le chemin qu'elle aurait adopté si elle avait eu le choix mais, à cet instant, elle n'avait envie d'avoir personne d'autre que lui auprès d'elle. Et cette idée la terrifiait presque autant que la perspective de devenir mère.

— Allons voir ce bébé.

— Maintenant, le papa va venir s'asseoir de ce côté, lui indiqua la radiologue sans se rendre compte du malaise qu'elle avait fait naître en lui.

Il jeta un coup d'œil à Heather qui était en train de s'installer sur la table d'examen. Au même instant, elle souleva son chemisier, dévoilant une peau laiteuse à souhait. De peur de laisser voir son trouble, il détourna le regard.

Devait-il corriger la radiologue ? Lui expliquer qu'il n'était pas le père, mais l'oncle du bébé ? Et l'employeur de la maman. Et peut-être un ami…

Non, il était déjà trop tard. Et à quoi bon ? Pourquoi prendre le risque de rendre la situation encore plus scandaleuse si, un jour, la vérité éclatait ?

Il essuya les gouttes de sueur qui perlaient à son front.

Sa conversation avec Heather dans la salle d'attente l'avait déconcerté. Il s'était imaginé qu'en septembre elle sortirait de leur vie, qu'elle se rendrait compte qu'elle ne voulait en aucun cas de l'héritage des Bryce et qu'elle partirait. Elle manquerait aux enfants, bien sûr, mais ils seraient de toute façon en pension et se feraient vite de nouveaux amis. Ils s'en sortiraient bien. Quant à lui… À dire vrai, il n'avait pas beaucoup réfléchi à la façon dont il allait se débrouiller sans elle. Comment vivrait-il sans voir au quotidien ces magnifiques yeux verts et ce sourire éclatant ?

En fait, il ne voulait pas y penser.

Il ne pouvait tout de même pas lui demander de rester après le départ des enfants, au motif qu'il craignait de se sentir seul. D'autant que, si elle faisait cela, les mauvaises langues s'en donneraient à cœur joie au village.

Non, hors de question de mettre Heather au centre d'un nouveau scandale et hors de question également de compliquer la vie de Daisy et Ryan. Il fallait aussi les prendre en compte. Et tant pis si Heather hantait toutes ses pensées.

En revanche, si elle voulait garder une place dans leur vie… Mais quelle serait cette place ? Se résumerait-elle à des visites à Noël et aux anniversaires ? Ou à des courriels et des cartes postales ?

Cela lui ferait plaisir mais, pour être honnête, cela ne lui suffirait pas.

Rien de ce qu'il pourrait avoir avec Heather à distance ne serait suffisant. La vérité était simple : il voulait être à ses côtés aujourd'hui, non pas parce qu'elle portait l'enfant de son frère, mais parce qu'il souhaitait partager sa vie.

Stop ! C'était juste la voix du désir qui parlait, le fameux désir des hommes de la famille Bryce, se répéta-t-il. Il fallait à tout prix se reprendre. Il n'avait pas le choix. Il se devait d'être différent, pour Daisy et Ryan. Il ne pouvait pas céder à la facilité.

La radiologue étala du gel sur le ventre encore plat d'Heather et positionna le capteur.

— Alors prêt à voir votre bébé, monsieur ?

*Votre bébé.*

Il déglutit tant bien que mal et hocha la tête, incapable de lever les yeux vers le visage d'Heather. Il fixa l'écran jusqu'à ce qu'une image apparaisse. Une image granuleuse en noir et blanc.

— Nous y voilà. Vous voyez la tête ?

Oui, il la voyait. Il pouvait voir le bébé d'Heather.

Son cœur se mit à battre à tout rompre dans sa poitrine, exactement comme quand Ryan avait posé sa tête contre la sienne, le jour de son anniversaire, et lui avait murmuré qu'il avait adoré sa fête, ou quand Daisy s'était arrêtée dans son bureau la veille pour lui poser une question de mathématiques et était finalement restée vingt minutes à parler de tout et de rien.

Il ressentait ce qu'il avait ressenti la veille au soir, lorsqu'il avait raccompagné Heather jusqu'à sa chambre après son cours particulier, des cours qu'aucun d'eux ne voulait abandonner, même s'ils n'étaient plus vraiment nécessaires.

Il n'avait jamais eu de nom pour qualifier ces sentiments qui le faisaient vibrer. Il savait qu'ils étaient importants, mais jusqu'à présent, le simple fait d'en faire l'expérience lui avait suffi. Il n'avait pas voulu les étiqueter, de peur de les faire disparaître.

Mais maintenant…

Il se tourna vers Heather. Elle fixait l'écran, émerveillée. Comme si elle avait senti son regard sur elle, elle lui adressa le plus large sourire qu'il ait jamais vu, le plus beau. Sous le charme, il demeura immobile à le savourer. Puis il se força à redevenir raisonnable.

Du désir. Il ne s'agissait que de désir. Il la voulait parce qu'il était un Bryce et savait qu'elle lui était interdite. C'était la malédiction des Bryce qui se matérialisait et jamais il ne céderait. Il valait mieux que cela.

# 12.

Cal se comportait de manière étrange. Depuis leur retour de l'hôpital, il faisait tout pour l'éviter. Était-ce à cause du type qu'il avait croisé dans le hall de l'hôpital ? De sa décision d'annoncer sa grossesse à Daisy et Ryan ? Ou bien du choc qu'elle avait lu sur son visage lorsque la radiologue leur avait montré le bébé, sur l'écran ?

La situation était difficile pour lui, elle en était bien consciente. Deux mois plus tôt, il avait hérité de deux enfants et voilà maintenant qu'il apprenait qu'un troisième était en route. Toutefois, elle n'exigeait rien de lui pour son bébé, il devait le savoir. S'il voulait faire partie de leur petite famille, elle l'accueillerait, mais elle était tout aussi disposée à faire cavalier seul s'il le fallait, comme lors de son arrivée à Lengroth.

Non, ce n'était pas tout à fait vrai. Elle n'était plus la même personne que le jour où elle avait gravi les marches du perron pour la première fois. La femme qu'elle était alors avait disparu pour toujours et, pour être honnête, elle ne lui manquait même pas. Cette femme était accablée par la culpabilité, la peur, le désespoir… Et même si un petit sentiment de responsabilité persistait encore au fond de son cœur, elle espérait s'être rachetée un peu en aidant Daisy et Ryan cet été. Quant à la peur… Elle avait peur parce qu'elle n'avait pas confiance en elle. Pourtant elle était capable de faire face et elle ferait face, quoi qu'il arrive, même en tant que mère célibataire.

Elle chassa ses idées noires et se reprit. Pourquoi envisager le scénario du pire ? Cela ne servait à rien.

— Où est votre oncle ? demanda-t-elle aux enfants quelques jours plus tard, en prenant place à table pour le dîner.

— J'ai frappé à la porte de son bureau, mais il m'a crié de partir, lui répondit Daisy d'un ton en apparence nonchalant.

Mais son attitude trahissait son incompréhension.

Elle avait été surprise la première fois qu'elle avait entendu la voix de Daisy derrière la porte en passant devant le bureau de Cal. Aujourd'hui, c'était devenu une habitude pour la fillette de rendre visite à son oncle. Elle ne s'était pas contentée de s'attacher à lui petit à petit, elle s'était complètement accrochée à lui. Ensemble, ils parlaient de tout, lui avait raconté Cal : d'astronomie, d'écologie, de l'histoire du château, de leurs comédies musicales préférées... D'après ce qu'elle observait, ce nouveau lien entre eux était plus une relation fraternelle que de parent à enfant mais, si c'était ce dont Daisy avait besoin, tant mieux.

— Il devait être très occupé, répondit-elle comme si de rien n'était, tout en consultant Mme Peterson du regard.

La gouvernante haussa les épaules. Apparemment, elle aussi ignorait quel était le problème de Cal.

— On s'en fiche, de toute façon, marmonna Daisy, les yeux sur son assiette. Moi, en tout cas, ça m'est égal.

— Je peux aller le chercher, si tu veux ! proposa Ryan.

— Non, tu restes ici et tu manges. Ton oncle est sans doute trop occupé pour venir dîner. Je lui apporterai une assiette tout à l'heure.

Le dîner se déroula dans un silence morose, puis les enfants regagnèrent leurs chambres. Heather prit le plateau préparé par Mme Peterson et se dirigea vers le bureau. Comment Cal allait-il l'accueillir ? La refoulerait-il, comme il avait refoulé Daisy ?

Nerveuse, elle frappa à la porte.

— J'ai dit que je ne descendrais pas pour le dîner !

— C'est pourquoi le dîner vient à vous, répondit-elle en ouvrant la porte.

Elle posa le plateau sur le bureau en couvrant soigneusement les dossiers qui, à l'évidence, préoccupaient Cal.

— Heather… Je n'ai vraiment pas le temps

— Alors, prenez-le !

Il releva la tête et elle le dévisagea.

Il semblait épuisé. À bout, même. Il avait les yeux cernés de gris et les rides sur son front étaient très prononcées.

Inquiète, elle s'approcha de lui.

Le dîner pouvait bien attendre. Cal était plus important.

— Expliquez-moi quel est le problème !

Le problème ? Il fallait plutôt dire les problèmes. Des problèmes qu'il ne parvenait pas à résoudre, à cause du sourire d'Heather regardant la photo de son échographie, à cause des sensations qu'il avait éprouvées lorsqu'elle l'avait serré dans ses bras pour le remercier de l'avoir accompagnée. Tout cela lui revenait sans cesse à l'esprit. Et comme si cela ne suffisait pas, il s'était mis à rêver d'elle, ces dernières nuits. Des rêves bien moins chastes que ses souvenirs…

— Je ne peux pas en parler.

Comment pouvait-il lui avouer à quel point il la désirait, alors que cette satanée journaliste arrivait dans quelques jours et que son avocat ne pouvait rien y faire, sauf s'il était prêt à rembourser une énorme somme d'argent et à expliquer à la presse les raisons pour lesquelles la famille Bryce était si secrète sur ce qui se passait au château de Lengroth ces jours derniers. Ce qui pousserait à coup sûr la police à réexaminer les circonstances de la mort de Ross, et Dieu seul savait ce qu'elle pourrait alors découvrir…

C'était d'ailleurs par crainte de ce qu'il risquait d'apprendre qu'il n'avait plus posé de questions sur l'accident.

Heather lui toucha le front, et sa respiration s'apaisa instantanément. Comme envoûté, il ferma les yeux et sentit ses muscles se détendre peu à peu.

— Vous devriez m'en parler. Ces problèmes vous rongent, c'est évident.

Rassemblant son courage, il riva son regard au sien. Elle avait raison. Repousser les problèmes ne les avait pas fait disparaître. Au contraire.

Heather s'approcha un peu plus. Elle n'était plus qu'à quelques centimètres de lui désormais. Il lui suffirait de tendre la main pour l'attirer dans ses bras et…

— Dites-moi à quoi vous pensez.

À ces mots, quelque chose s'ouvrit comme par magie en lui. Des vannes, peut-être, ou une porte dans les murailles qu'il avait construites pour protéger les secrets des Bryce.

— Je pense que ma famille est frappée par une malédiction. Enfin, pas les enfants ! corrigea-t-il en remarquant son expression horrifiée, du moins pour le moment… Avec le temps, ils n'auront probablement pas plus de chance que moi d'éviter cette fatalité, cette attirance irrépressible pour le scandale.

— Je trouve que vous vous en sortez plutôt bien, vous.

— Vous plaisantez ? Je passe mes journées à essayer de réparer les méfaits de mon frère, à prétendre qu'ils n'ont pas eu lieu. Heureusement que nous avons un château et de l'argent !

Il sursauta en lisant la pitié dans le regard émeraude. Pourquoi cette compassion ? Ne se rendait-elle pas compte qu'il la traitait exactement de la même manière ?

— C'est exactement ce qui se passe avec vous, vous ne le voyez pas ? continua-t-il en lui prenant la main. Mon attitude avec vous est un parfait exemple de ces manipulations. Je vous retiens dans ce château en faisant comme si vous n'étiez pas enceinte de mon frère, en vous laissant m'aider à élever ses enfants orphelins et en vous cachant à tout individu qui risquerait de découvrir la vérité.

— Est-ce le type que vous avez croisé à l'hôpital qui vous tourmente à ce point ?

Harry ? S'il n'y avait que cette rencontre pour le ronger de l'intérieur…

— Non, le problème n'est pas Harry. C'est ce fichu château… C'est Daisy et Ryan. C'est…

Il s'interrompit. Il ne pouvait pas lui avouer, il n'allait pas l'ennuyer avec ses problèmes. Elle avait suffisamment à gérer de son côté pour qu'il ne l'accable pas avec son incapacité à contrôler sa libido.

*Je la désire juste parce que je ne peux pas l'avoir.* Les interdits avaient toujours été très stimulants pour les hommes de la famille.

Heather rapprocha un peu plus son visage, et il ne se détourna pas. Cela lui était impossible de toute façon, car les yeux verts l'hypnotisaient. Incapable de résister, il plongea le regard dans ses prunelles jusqu'à s'y noyer.

— C'est… ? insista-t-elle, d'une voix qui n'était plus qu'un souffle.

— Eh bien, c'est que… C'est que je ne crois pas être capable de résister une minute de plus : j'ai trop envie de t'embrasser, avoua-t-il avant que son cerveau n'ait eu le temps de l'en dissuader.

Elle se mordit la lèvre et, comme par magie, il oublia toute raison. Mû par une force qu'il ne contrôlait plus, il la prit dans ses bras et l'attira sur ses genoux.

Il avait essayé de résister à la tentation. Il avait vraiment essayé. Il avait tenté d'être le seul homme de la famille capable d'éviter le scandale. Il avait tout fait pour ne pas céder quand le désir avait frappé à sa porte, un canard en plastique sous le bras, mais cela lui avait été impossible à lui aussi. Il ne pouvait pas lutter contre cette sensation intense qui rugissait dans ses veines.

Sitôt que leurs lèvres se touchèrent, tout son corps se détendit et il oublia toutes les raisons pour lesquelles ce baiser était la pire des idées. Vaincu, il s'abandonna.

Elle embrassait Cal Bryce.

Elle faisait ce qu'elle s'était juré de ne pas faire.

Et ce baiser était, sans conteste, le meilleur de sa vie…

Oubliant toute réserve, elle se laissa aller, prête à savourer l'instant. Avec les mains brûlantes qui parcouraient son dos, les lèvres qui prenaient les siennes, si sûres et confiantes, elle avait l'impression que ce baiser avait été anticipé depuis longtemps. Et il y avait aussi cette preuve, dure contre sa hanche, qui lui indiquait qu'il ne s'agissait pas d'un simple baiser accidentel.

Cal la désirait.

Et c'était réciproque.

Il approfondit le baiser, et elle laissa échapper un soupir de plaisir en se lovant contre lui jusqu'à ne plus pouvoir faire la différence entre leurs deux corps. Sa température grimpa en flèche et son désir explosa.

Elle était impatiente de le toucher, de le caresser, de le sentir, de faire durer cette expérience unique. Elle voulut libérer son bras qui était coincé entre eux mais perdit l'équilibre.

La chaise bascula en arrière, Cal tendit les mains vers le bureau pour qu'ils ne tombent pas tous les deux, mais Heather glissa un peu plus, et il dut lâcher la table pour la rattraper. Ils chavirèrent tous les deux et se retrouvèrent allongés sur le tapis persan.

— Si je m'étais douté que ce baiser se terminerait comme ça… marmonna-t-il.

— Nous ferons peut-être mieux la prochaine fois.

À peine eut-elle prononcé ces mots que la main qui lui caressait doucement le dos s'arrêta. Elle regretta aussitôt d'avoir parlé.

— Heather, je… Je n'aurais pas dû faire ça. Je suis désolé.

Elle sentit son cœur s'arrêter de battre, et un frisson froid glissa sur elle.

— Qu'est-ce que tu n'aurais pas dû faire ? Me jeter sur le sol dans ton bureau, ou m'embrasser de cette façon ?

— Je ne t'ai pas jetée sur le sol ! En fait, c'est toi qui nous as fait basculer. Et je n'aurais pas dû t'embrasser. C'était… inapproprié.

— Tu veux dire scandaleux.

Elle se redressa et repoussa les cheveux de son visage pour pouvoir le regarder dans les yeux.

— Tu es enceinte de mon frère, murmura-t-il. Et tu es employée chez moi.

— J'espérais être ton amie aussi.

— Les amis ne s'embrassent pas de cette façon.

Il prononça ces derniers mots les yeux fermés, comme s'il n'avait pas le courage d'affronter Heather. Preuve que le baiser avait été aussi magique pour lui que pour elle.

— Cal…

Elle pria pour qu'il rouvre les yeux.

Comme s'il avait lu dans ses pensées, il la regarda enfin.

— Heather… Ce n'est pas possible.

— Pourquoi ? Pourquoi n'est-ce pas possible ?

Oh ! bien sûr, elle connaissait les raisons. Celles-ci tournaient en boucle dans sa tête depuis des semaines. Toutefois, les faits étaient indéniables : Cal la désirait et elle le désirait… Son frère, lui, n'avait certainement pas eu de telles hésitations.

— C'est à cause de Ross ?

— Indirectement.

Il laissa échapper un long soupir avant de se relever.

— C'est parce que j'ai couché avec lui ?

Elle pensait que Cal n'était pas le genre d'homme à la juger sur son comportement passé, mais elle devait bien admettre que sa relation avec lui était inhabituelle.

— Mais non ! Pas du tout ! C'est juste que… Enfin, c'est la situation.

Elle savait ce qu'il voulait dire. Après tout, n'avait-elle pas étouffé ses sentiments pour lui depuis des semaines, exactement pour la même raison ? Par peur du scandale et des commérages. Leur situation était si loin d'être idéale qu'elle en devenait risible. Quelle femme tombait enceinte d'un comte quelques semaines avant que celui-ci ne meure brusquement puis succombait au charme de son frère ?

— Tu oublies que, sans cette situation, je ne t'aurais jamais rencontrée, lui fit-elle remarquer.

L'espoir qu'elle lut soudain dans ses prunelles ambrées lui donna le courage dont elle avait besoin pour continuer.

— Crois-tu que je n'aie pas regretté cette nuit au bar un million de fois ? Et quand j'ai appris que Ross était marié, j'en suis devenue malade. J'ai passé ma vie à m'efforcer d'éviter le scandale et j'ai baissé la garde un soir. Un seul soir… Oui, c'était une erreur. Et, oui, je le regrette, en quelque sorte, mais pas complètement. Et plus maintenant.

— Ah bon ? Pourquoi ?

La voix de Cal était hésitante, comme s'il n'était pas sûr de vouloir entendre la réponse.

— Parce que, si je n'avais pas rencontré Ross cette nuit-là, je ne porterais pas un bébé en moi, un bébé que j'aime déjà de tout mon cœur. Si je n'étais pas venu ici à Lengroth pour trouver Ross, je n'aurais jamais rencontré Daisy et Ryan, que j'adore, et…

Pouvait-elle le dire ? Oui, elle n'avait pas le choix. Elle ne pouvait pas lutter contre cette force qui les aimantait l'un à l'autre.

— Et je ne t'aurais jamais rencontré.

# 13.

Cal fixa le beau visage d'Heather, essayant d'imaginer un monde dans lequel il ne la connaîtrait pas, dans lequel il ne la désirerait pas.

En vain.

Si elle n'avait été que belle, il aurait été capable de résister. Si elle n'avait été que sexy, il aurait pu se contrôler. Malheureusement, Heather était bien plus que cela et elle s'était immiscée si profondément dans sa vie, que son absence était devenue inenvisageable.

Elle était son amie et elle était aussi la femme la plus envoûtante qu'il ait jamais rencontrée. Elle était sincère, bienveillante, elle possédait toutes ces qualités que la vie dans ce château faisait d'habitude disparaître. Et puis, Daisy et Ryan avaient besoin d'elle. Ce qui signifiait qu'il ne pouvait pas céder à son désir et risquer de lui faire du mal.

Le problème, c'était qu'il ne ressentait pas que du désir à son égard. Il y avait aussi…

Le regard interrogateur qu'elle posait sur lui le ramena au présent.

— Heather… Ne prends pas mal ce que je vais dire…

— Parce que je pourrais mal le prendre ?

— Oui.

Elle croisa les bras et il se força à ne pas s'attarder sur le décolleté enchanteur de sa robe, à ne pas s'imaginer promenant les mains sur ces seins sensuels à souhait. À propos, avaient-ils toujours été aussi ronds ou était-ce une conséquence de sa grossesse ?

— Je t'écoute.

— Même si j'ai adoré t'embrasser, nous ne pouvons pas recommencer.

C'était aussi simple et aussi frustrant que cela.

— Nous ne pouvons pas recommencer parce que je suis enceinte de ton frère ou parce que ta famille est maudite ?

Avait-elle croisé les bras exprès pour le tourmenter en mettant ses seins en avant ? Sans doute mais, pour être honnête, il ne lui en voulait pas. Elle était trop belle pour qu'il lui en veuille.

Il se reprit et se concentra à nouveau sur le visage de la jeune femme.

— Nous ne pouvons pas recommencer pour ces deux raisons, mais il y en a une troisième : figure-toi que Ross avait signé un contrat d'exclusivité avec un magazine. Il a offert à un journaliste l'accès libre au château pendant une semaine, en lui donnant l'autorisation de dévoiler tout ce qui se passait dans la vie du comte de Lengroth. Et le journaliste arrive la semaine prochaine. En fait, c'est une journaliste.

Heather cligna les yeux et, comme sous le choc, se laissa tomber sur une chaise.

— Mais c'est Ryan, le comte ! Cette journaliste ne peut tout de même pas le suivre pendant une semaine ! Il n'a que neuf ans !

— Je suis bien d'accord. C'est pour cette raison que j'ai passé les cinq dernières semaines à tenter de négocier avec leur équipe juridique. Malheureusement, il est impossible de rompre le contrat. Crois-moi, j'ai fait tout ce que j'ai pu mais la journaliste arrive la semaine prochaine, sauf si je verse une indemnité faramineuse à son magazine. Et même dans ce cas elle aura le droit d'écrire ce qu'elle veut sur nous. Apparemment, mon frère était incapable de lire un contrat…

Peut-être était-il ivre le jour où il l'avait signé. À moins qu'il n'ait été vraiment désespéré sur le plan financier.

— Pourquoi Ross a-t-il accepté de telles conditions ? Je sais bien qu'il pensait que c'était lui que la journaliste suivrait, mais tout de même ! Comment peut-on accepter de voir sa vie passée à la loupe de cette manière ?

— Je me pose la même question. Ross était très endetté, il avait emprunté de grosses sommes à des gens peu recommandables. Peut-être avait-il simplement besoin d'argent, ou bien…

— Ou bien ?

Elle était assise en face de lui, les jambes croisées. Il glissa le regard vers son ventre, qui commençait à s'arrondir, et s'y attarda quelques instants.

— Ou bien il pensait pouvoir duper tout le monde. La philosophie de la famille Bryce a toujours été d'afficher une façade parfaite. Or il devait de l'argent à tellement de monde qu'il devait avoir peur que les gens se mettent à parler. Peut-être que des rumeurs circulaient déjà, je ne sais pas.

— Tu penses qu'il a invité la journaliste ici pour tenter de tuer dans l'œuf des ragots éventuels ?

— Ce ne serait pas surprenant, c'est la façon dont on a toujours procédé dans la famille. Et aujourd'hui, cette journaliste, Anna Jenkins…

— Anna Jenkins va venir au château et elle va découvrir la femme avec qui Ross a eu une aventure d'un soir, enceinte, travaillant comme nounou et ayant une aventure avec le comte par intérim.

— En gros, c'est ça, oui, répondit-il avec un sourire désabusé. C'est ce qu'elle va découvrir.

C'était horrible. Plus qu'horrible, c'était un cauchemar. C'était son pire cauchemar, et celui de son père également. Cette histoire ferait la une de journaux à scandale, et les gens ne parleraient que de cela…

Et, malgré tout, son désir pour Cal demeurait intact.

— Alors, que faisons-nous ?

Cal prit une profonde inspiration. Il semblait aussi perdu qu'elle.

— Nous continuons comme avant. Nous faisons semblant que cette attirance que nous ressentons n'existe pas.

Cette tactique n'avait pas été très efficace jusqu'à présent.

— Pour toujours ?

— Bien sûr que non !

Il la rejoignit et l'attira à nouveau contre lui.

— Je ne pourrai pas résister éternellement à l'envie de te toucher…

Soulagée, elle se lova entre ses bras puissants.

— Donc, une fois que la journaliste sera partie…

— Une fois que la journaliste sera partie, nous discuterons et résoudrons ce problème ensemble. J'ignore ce qu'il y a entre nous, je voudrais juste nous donner une chance de le découvrir.

— Moi aussi. Mais si nous voulons que mon bébé connaisse son demi-frère et sa demi-sœur, nous devons faire très attention.

Il fallait qu'ils puissent rester amis une fois le désir estompé. Mais s'estomperait-il ? Cette perspective, pour le moment, paraissait inenvisageable.

Elle serra les dents et repoussa les pensées qui l'encombraient depuis la première fois que Cal l'avait embrassée, ces pensées qui lui disaient qu'elle s'engageait dans quelque chose de bien plus profond et dangereux qu'une simple aventure. Cette petite voix qui lui soufflait qu'elle était en train de tomber amoureuse…

Elle savait, pourtant, qu'elle ne devait pas trop attendre de Cal au rayon des émotions. Quelques semaines plus tôt, il ne savait même pas comment faire pour aimer sa nièce et son neveu. Si elle attendait de sa part des déclarations d'amour enflammées, elle risquait d'être déçue.

Elle se força à se reprendre. Elle tenterait de résoudre ces questions plus tard, ses sentiments croissants pour Cal pouvaient attendre. Elle avait des problèmes plus urgents à résoudre pour le moment : le bébé, Daisy et Ryan, le pensionnat, le château… Sans parler de son propre avenir.

Elle devrait d'ailleurs profiter du temps où la journaliste serait là pour y réfléchir. Malheureusement, elle n'avait qu'une pensée à l'esprit : comme ces huit jours allaient lui paraître longs !

Beaucoup trop long…

Elle recula un peu et les bras de Cal se resserrèrent aussitôt autour d'elle. Relevant la tête, elle riva son regard au sien.

— Elle arrive lundi ? Dans deux jours ?

Cal semblait être devenu muet. Il se contenta d'un signe de la tête.

Elle savait ce qu'il ressentait. Quelle qu'ait été la raison qu'il l'avait conduite jusqu'au château, c'était pour lui qu'elle allait rester ici. Le fil qui les reliait était maintenant trop fort, il ne serait pas rompu facilement.

— Alors, d'ici lundi, nous n'avons pas besoin de nous inquiéter de ce qu'elle ou d'autres gens pourraient penser.

Elle se redressa, et ses lèvres frôlèrent de nouveau celles de Cal.

Il ferma les yeux et déglutit.

— Tu es la tentation incarnée, Heather…

— Il me semble que vous, les hommes de la famille Bryce, vous aimez ce genre de tentation, non ?

Pour toute réponse, il captura sa bouche en un baiser sensuel et elle ferma les yeux. Elle avait cessé de réfléchir…

Plus tard, bien plus tard, elle posa un baiser sur l'épaule nue de Cal et, encore frissonnante de plaisir, se glissa hors du lit.

— Où vas-tu ?

— Je retourne dans ma chambre avant que les enfants ne se réveillent et ne viennent me chercher.

Ryan, en particulier, avait coutume de la réveiller en sautant sur son lit. Cela ne la dérangeait pas, au contraire.

Cette habitude prouvait que le petit garçon se sentait bien avec elle désormais.

Toutefois, s'il ne la trouvait pas dans son lit, il risquait de s'inquiéter.

— D'accord, marmonna Cal avant de l'attirer à lui pour un nouveau baiser gourmand.

— Cal ! Il faut que j'y aille !

— Je sais. C'est juste que je n'ai pas envie de te laisser partir, maintenant que je t'ai enfin dans mon lit.

Incapable de s'en empêcher, elle esquissa un sourire puis, après un dernier baiser, sortit de la chambre, ses chaussures à la main.

Elle se dirigeait vers sa chambre lorsqu'elle s'arrêta net en apercevant une silhouette féminine, de dos, qui se profilait à l'autre bout du couloir. Ce n'était pas Daisy, elle était trop grande.

— Madame Peterson ?

Elle retint son souffle. La vieille gouvernante allait sans doute exiger des explications et elle n'en avait aucune. Elle ne savait pas mentir. Elle n'avait jamais su.

La femme se retourna.

Non, ce n'était pas Mme Peterson.

Le fantôme de Lengroth…

L'apparition disparut brutalement, et Heather relâcha l'air de ses poumons. Restait à espérer que ce n'était pas un mauvais présage.

Du haut des marches de pierre, Cal regarda la journaliste descendre de l'unique taxi de Lengroth.

Si seulement il existait un moyen de sortir de ce piège ou, au moins, d'oublier son humeur massacrante… Hélas, il n'en voyait aucun.

Tout avait pourtant été si merveilleux la veille ! Même se réveiller sans Heather ce matin-là ne l'avait pas dérangé, car il savait qu'elle serait de retour dans son lit le soir même. Puis il s'était souvenu de la maudite Anna et de son stupide magazine, et il avait compris qu'il ne pourrait plus toucher Heather avant huit jours.

Une semaine entière !

Il allait devenir fou…

Il n'aurait jamais dû céder à la tentation de ses lèvres, de ses mains, de son corps… Une tentation qui, à présent, était encore plus forte. Comment ferait-il pour ne pas y succomber une nouvelle fois ?

Perdu dans ses pensées, il faillit ne pas se rendre compte que la jeune femme brune était déjà en train de monter les marches.

Il se ressaisit et l'observa. Avec son tailleur strict et ses talons aiguilles, elle ne ressemblait pas du tout à Heather et ne semblait pas à sa place dans ce château. Peut-être n'en aurait-il pas été de même à l'époque où Ross était le comte… Ross était toujours bien habillé, et Janey possédait un sens exquis de la mode. Toutefois, maintenant que Ryan était devenu le comte, les choses avaient bien changé.

— Lord Bryce ! lui lança la jeune femme en parvenant en haut des dix-sept marches de pierre. Je suis enchantée de faire votre connaissance.

— Appelez-moi Cal, répondit-il en lui tendant la main. C'est mon neveu, le comte, pas moi.

— Quel est votre titre à vous, alors ?

Elle avait un sourire carnassier et sa main était glaciale.

— Je ne suis que l'oncle de Ryan.

Il lui tint la porte ouverte et l'invita à entrer.

En fait, elle avait dû être ravie d'apprendre le décès de Ross. Un comte ordinaire donnant à un magazine ce genre d'accès était déjà une chance, mais un jeune comte orphelin qui se retrouvait avec un oncle pour tout soutien… Voilà qui était bien plus intéressant !

Cependant, si elle espérait déceler du ressentiment et de

la jalousie chez Cal, elle allait être déçue. Jamais il n'avait voulu être comte.

— Entrez. Je vais vous présenter la gouvernante, Mme Peterson. Elle va vous faire visiter le château et vous montrer votre chambre.

La chambre la plus éloignée de celles des enfants et d'Heather.

— J'aurais préféré que ce soit vous qui me fassiez visiter les lieux.

— Je l'aurais fait avec plaisir mais, malheureusement, j'ai trop de travail. Tenez, voici justement Mme Peterson qui arrive !

— Pourrait-elle me présenter tout de suite votre nièce et votre neveu ?

— Les enfants ne sont pas là. Ils sont partis en excursion avec leur nounou. Vous les verrez au dîner.

La contrariété marqua le visage d'Anna.

Il ne pouvait pas la blâmer, mais il ne changerait pas de tactique pour autant. Heather et lui avaient élaboré un plan, dans l'obscurité de la nuit, lovés l'un contre l'autre dans son lit. Il s'agissait de tenir la journaliste le plus loin possible des enfants et d'Heather pendant toute la durée de sa visite. Mme Peterson s'occuperait de lui présenter l'histoire du château et de la famille, dans sa version aseptisée évidemment, et lui-même lui accorderait un entretien poli à la fin de son séjour afin qu'elle reparte satisfaite.

Il respecterait la lettre du contrat, mais pas son esprit. Hors de question que Daisy et Ryan soient exploités dans un magazine à sensation !

Et il ne laisserait pas non plus Anna Jenkins découvrir l'existence d'Heather et de son bébé. Du moins, s'il pouvait l'éviter.

# 14.

— Comment s'est passée la journée ?

Heather venait de se glisser dans son bureau. Il était tard et on était déjà jeudi.

— Heather ? Mais que fais-tu ? Tu ne peux pas venir ici !

— Ne t'inquiète pas, Anna est couchée. Mais d'après Mme Peterson elle est assez fâchée. Je crains que, si nous la frustrons trop, elle ne cherche un scandale seulement pour se venger.

Depuis le lundi, Heather emmenait chaque jour les enfants loin du château, organisant pique-niques, excursions, longues randonnées, et même une escapade en train jusqu'à Édimbourg. Anna avait bien proposé de les accompagner, mais Cal lui avait répondu de sa plus belle voix d'aristocrate qu'il estimait qu'elle était plutôt là pour découvrir la vie au château, mettant ainsi un point final à la conversation.

Même si Heather ne la voyait qu'au petit déjeuner et au dîner, elle percevait néanmoins l'agacement croissant de la journaliste.

Pendant les repas, les enfants se comportaient parfaitement. Sages comme des images, ils répondaient poliment à toutes les questions, donnant l'impression que la vie au château de Lengroth était banale à souhait. Le plan fonctionnait très bien et elle en était ravie. Malheureusement, elle avait à peine vu Cal depuis la nuit qu'elle avait passée dans son lit, et il lui manquait. Il lui manquait beaucoup plus qu'elle ne l'avait imaginé.

— Nous ne pouvons pas prendre le risque de nous faire prendre maintenant, Heather. Nous sommes tout près du but.

— Je sais… C'est juste que… J'avais besoin de te voir.

— Je connais ce sentiment.

À voir son sourire las, elle devina qu'il souffrait autant qu'elle.

— Je vais m'asseoir dans ce fauteuil, avec le bureau entre nous. Cela nous évitera de faire des bêtises. Nous pouvons parler des progrès des enfants, si tu veux.

— D'accord. Alors, qu'ont-ils appris cette semaine ?

— À vrai dire, pas grand-chose sur le plan scolaire, vu que nous avons passé les derniers jours en balade pour éviter Anna.

— Dans ce cas, le sujet est déjà clos.

— Cal !

— Je sais, je sais… Le problème, c'est que, si tu restes ici, je vais être obligé de t'embrasser, je ne pourrai pas m'en empêcher. Tu es la tentation personnifiée et tu sais combien les hommes de ma famille résistent mal à la tentation.

— Je le sais, mais serait-ce si grave si tu m'embrassais ?

Elle se passa la langue sur les lèvres. Rien que de penser à ce baiser, tous ses sens s'éveillaient.

Elle vit les prunelles ambrées de Cal s'assombrir. Il était dans le même état de tension qu'elle-même, c'était clair. À cette constatation, son sang se mit à rugir dans ses veines.

— Non, ce ne serait pas grave. Le problème, c'est que je ne pourrais pas m'arrêter là.

— Ah bon ?

Elle lui adressa un clin d'œil.

— Qu'aurais-tu besoin de faire d'autre ?

— Besoin est le bon mot, marmonna-t-il, visiblement mal à l'aise. J'ai tellement besoin de toi en ce moment, Heather ! J'ai besoin de toi nue sur mon bureau. J'ai besoin de ta peau contre la mienne. J'ai besoin de toi dans mes bras. J'ai besoin…

— Et moi, j'ai besoin de te sentir en moi.

À ces mots, il se leva d'un bond en laissant échapper un grognement.

— Tu vas me tuer…

Déjà, il avait fait le tour du bureau et l'attirait dans ses bras puissants, juste là où elle voulait être.

— Ta chambre ?

— Ma chambre.

La chambre de Heather était la plus éloignée de celle d'Anna et, malgré le désir qui la tenaillait, elle n'avait pas encore perdu tout son bon sens.

Encore une journée ! Le lendemain, Anna quitterait les lieux et leur château serait à nouveau à eux. Enfin !

Leur château…

Pas seulement le sien ou celui de Ryan et Daisy, mais aussi celui d'Heather.

Avant même de l'avoir invitée dans son lit, il avait compris que sa place était ici, avec eux. Le fait qu'elle partage son lit n'était que la cerise sur le gâteau. Sur son gâteau, songea-t-il, rêveur, en la revoyant dans son lit, essoufflée et comblée, juste avant qu'il ne reparte dans sa chambre.

Heather ne resterait peut-être pas toujours, mais pour l'instant, elle était tout ce dont il avait besoin. En attendant que la passion entre eux s'émousse, il fallait juste trouver un moyen pour qu'elle reste au château. Sinon, il deviendrait fou de désir et perdrait sans doute la tête.

Il risquait gros, il le savait.

Jusqu'à présent, il avait toujours évité le risque, quel qu'il soit, en particulier le genre de risque auquel Ross avait cédé en jouant son héritage, mais aujourd'hui… Le monde pouvait bien partir en fumée, du moment qu'Heather était près de lui, il s'en fichait.

Il reconnaissait à peine l'homme qu'il était devenu au cours des six dernières semaines, mais cela ne voulait pas dire qu'il ne l'appréciait pas.

— Vous êtes de bonne humeur, ce matin.

La voix aiguë d'Anna retentit dans la salle à manger, et il leva les yeux vers elle.

— C'est une belle journée qui s'annonce, répondit-il avant de jeter un coup d'œil par la fenêtre et d'apercevoir les nuages de pluie qui se rapprochaient.

L'été en Écosse… Heather aurait du mal à faire sortir les enfants du château aujourd'hui.

Anna suivit son regard et regarda à son tour par la fenêtre.

— Apparemment, le mot « été » n'a pas la même signification en Écosse que dans le reste du pays.

— Vous devriez être de bonne humeur, vous rentrez chez vous demain.

Cette nouvelle, en tout cas, le mettait en joie, lui.

— Dire que je vais laisser derrière moi toute cette splendeur ! répondit-elle en tendant le bras vers la longue table chargée d'appétissantes viennoiseries.

— Ce n'est pas ce que vous attendiez du château d'un comte ?

— Pas vraiment. Avant de partir, je souhaiterais avoir un dernier entretien avec les enfants.

Heather entra dans la salle à manger à l'instant même où elle prononçait ces paroles. À l'évidence, elle avait entendu la question d'Anna.

— Nous devrions pouvoir nous arranger, dit-elle, du moment que je reste dans la chambre avec les enfants.

— Bien sûr, fit la journaliste.

Elle s'installa à table, et Cal jeta un coup d'œil en direction d'Heather. Celle-ci ne semblait pas rassurée.

— Alors, Heather, qu'avez-vous prévu pour aujourd'hui avec les enfants ?

— Puisqu'il semble que la journée sera pluvieuse, je pense que nous allons travailler sur nos projets d'histoire.

— Les enfants étudient la Seconde Guerre mondiale, expliqua-t-il.

— J'ai l'impression que vous vous impliquez beaucoup dans leur éducation, fit remarquer la journaliste avec un sourire.

— C'est normal ! Mlle Reid me tient au courant de leurs progrès au quotidien.

— Je n'en doute pas.

Anna jeta un regard curieux à Heather, et il regretta soudain d'avoir attiré l'attention sur elle. La semaine arrivait à son terme. Un jour de plus et Anna prendrait le premier train pour Londres. Alors, Heather et lui pourraient réfléchir tranquillement à la suite des événements.

De préférence nus.

Heather était en train de fabriquer une valise de réfugié en carton, tandis que Daisy cherchait ce qu'elle mettrait dedans une fois que la colle serait sèche, lorsque Mme Peterson frappa à la porte.

— Mademoiselle Reid ?

Depuis son arrivée au château, la gouvernante s'adressait toujours à elle d'un ton légèrement désapprobateur. Elle ne se plaignait pas, la vieille dame se montrait carrément cinglante lorsqu'elle s'adressait à la journaliste.

— Monsieur Bryce vous cherche.

— Ah bon ?

Elle se leva d'un bond.

— Termine la valise, Ryan, je reviens tout de suite.

Qu'est-ce que Cal pouvait bien vouloir ? Ils avaient convenu qu'ils ne se verraient jamais durant la journée tant qu'Anna furetait dans le château. La nuit, c'était une autre histoire. La seule personne susceptible de voir Heather à ce moment-là était apparemment le fantôme de Lengroth, et même celui-ci s'était fait discret depuis la première nuit qu'elle avait passée avec Cal.

Quelques secondes plus tard, elle frappa à la porte du bureau et, sans attendre sa réponse, entra.

Surpris, Cal écarquilla les yeux.

— Que se passe-t-il ? Tu as besoin de quelque chose ?

— Je croyais que c'était toi qui avais besoin de quelque chose. Mme Peterson m'a dit que tu me cherchais, ce que j'ai trouvé étrange, parce que tu sais très bien où je suis…

Leurs regards se croisèrent, et ils arrivèrent à la même conclusion au même moment.

— Anna ! lancèrent-ils à l'unisson.

— Ton fichu château est bien trop grand ! lui cria-t-elle alors qu'ils couraient tous deux en direction de la salle de classe.

— Ce n'est pas mon château, c'est celui de Ryan.

Ryan…

En cet instant, Daisy et lui devaient être soumis feu des questions de cette peste de journaliste. À coup sûr, elle les interrogeait sur leur vie quotidienne, leur famille, la mort de leurs parents, peut-être même sur Cal et elle.

Heureusement qu'on ne leur avait pas encore parlé du bébé. Elle n'osait même pas imaginer ce qu'Anna ferait d'une telle information.

Malgré tout, son cœur battait à tout rompre lorsqu'ils s'engagèrent dans le couloir menant à la salle de classe et entendirent la voix d'Anna.

— Comment vous sentez-vous, tous les deux, à l'idée d'être envoyés en pension par votre oncle, si tôt après la mort de vos parents ?

— Nous n'irons pas en pension, répondit Ryan avant que Cal ait pu l'en empêcher. Heather ne laissera jamais oncle Cal nous envoyer loin de Lengroth.

À ces mots, Cal se figea devant la porte.

— Ah, parce que votre nounou a une telle influence sur votre oncle ? Je pensais qu'elle n'était là que pour l'été…

— Heather n'est pas juste la nounou, affirma Daisy. Elle est enceinte du bébé de papa. Et oncle Cal est amoureux d'elle.

— Alors elle va rester pour toujours et, nous, nous aurons à nouveau une famille ! jubila Ryan.

# 15.

Bousculant Anna, Ryan courut dans les bras de Cal en le découvrant soudain sur le pas de la porte. Encore sous le choc, Cal serra le petit corps tremblant contre son torse.

Il sentait Heather derrière lui. Il ne la voyait mais il n'avait pas besoin de la regarder pour savoir qu'elle devait être aussi stupéfaite que lui.

Comment les enfants avaient-ils appris l'existence du bébé ? Il n'en avait pas la moindre idée, mais il répondrait à cette question plus tard, une fois qu'il aurait réglé le problème le plus urgent : se débarrasser de la journaliste.

— Je pense qu'il est temps que vous quittiez le château, mademoiselle Jenkins.

En quelques secondes, Daisy et Ryan avaient mis fin à la débauche de mensonges et de tromperies qui protégeaient la réputation de la famille Bryce depuis des générations. Tous les efforts qu'il avait entrepris ces dernières semaines pour cacher les infidélités et les dettes de jeu de Ross étaient devenus inutiles.

— Mon train ne part que demain matin.

— Le trajet jusqu'à la gare est très long. Partez, s'il vous plaît. Maintenant !

La jeune femme le fixa quelques instants puis, comprenant sans doute qu'il ne faiblirait pas, sortit de la chambre. Il devrait sans doute lui reparler à un moment ou à un autre, au moins pour savoir ce que son magazine allait publier et quand, afin de tenter de limiter les dégâts, mais cela attendrait. Il fallait en priorité s'occuper de Daisy et de Ryan. Et de Heather, aussi.

Il jeta alors un coup d'œil par-dessus son épaule pour chercher son regard, mais elle avait disparu.

Instantanément, une profonde angoisse l'envahit, se répandit en lui et gagna son cœur.

« Oncle Cal est amoureux d'elle ! » avait affirmé Daisy. C'était fou, évidemment, mais était-ce vrai ?

— Oncle Cal ? murmura la fillette d'une voix inquiète qui le tira de sa réflexion. Tu vas nous gronder ?

En d'autres temps, son père l'aurait sans aucun doute punie, son grand-père aussi. Quant à Ross, comment aurait-il géré une telle situation ? Il n'en avait pas la moindre idée. Mais il savait comment, lui, il voulait la gérer. Et pourquoi.

Il laissa son regard aller et venir entre Daisy et Ryan. Quoi qu'il arrive à l'avenir, il n'avait aucun regret. Grâce à cet incident, il avait atteint cet objectif qu'il avait toujours pensé inatteignable. Aimer ces enfants.

Il n'était pas en colère contre eux, il n'avait pas envie de crier ou de leur faire des reproches. Il voulait juste les protéger, parce qu'il les aimait. Tout simplement.

Oui, contre toute attente, il les aimait de tout son cœur.

— Non, je ne vais pas vous gronder.

Il tendit la main à Daisy et l'attira contre lui.

— Il faudra que nous parlions de ce que vous avez dit, mais je vous promets que vous n'aurez pas de problèmes. Je vous aime et, quoi que vous fassiez, cela ne changera jamais.

Habité d'une étrange sérénité, il prit Ryan de l'autre côté et continua à serrer les deux enfants contre lui. Il avait réussi ce qu'il croyait impossible. Lui, un Bryce, avait trouvé le moyen d'aimer ces enfants.

Jamais il ne leur infligerait le cycle sans fin de mensonges et de secrets qu'il avait connu dans sa jeunesse. Ils avaient énoncé la vérité, ou la vérité telle qu'ils la percevaient. Il ne leur en voudrait jamais, quelles qu'en soient les conséquences.

Heather avait raison quand elle affirmait que c'était moins le scandale que les secrets et les mensonges qui faisaient souffrir. Ce qui signifiait que la seule façon de s'en sortir était de dire la vérité.

Toute la vérité.

— Venez, nous allons nous préparer un bon chocolat chaud et discuter de tout ça. J'ai quelques questions et je suis sûr que vous en avez, vous aussi. On discute toujours mieux autour d'un bon chocolat chaud.

Il esquissa un sourire. Heather aurait pu lancer la même phrase. C'était d'ailleurs grâce à elle qu'il avait eu le courage de la prononcer.

Heather... Cette jeune femme incroyable dont le sourire lui réchauffait le cœur et dont le corps, pressé contre le sien, lui avait donné l'impression que la vie était parfaite. Heather, qu'il voulait protéger et chouchouter, tout autant que les enfants. Heather, qui portait un autre enfant qu'il rêvait d'intégrer à leur famille. Heather, qui...

En fait, Ryan avait raison. Il était amoureux d'elle.

Hélas, elle était introuvable pour le moment. Sans elle, la mission de réconforter les enfants lui revenait donc entièrement. Mais pour la première fois il se sentait à la hauteur du défi. Il n'avait plus peur.

Heather fixa son sac à dos posé sur le lit. Elle n'y avait rangé que ce qu'elle possédait à son arrivée au château. Hors de question de prendre les vêtements que Cal lui avait achetés.

En fait, elle aurait déjà dû être partie. Elle aurait dû s'enfuir dès qu'Anna avait quitté le château. Comment pouvait-elle rester, maintenant que la vérité avait éclaté au grand jour ?

Cal avait passé sa vie à protéger les secrets de sa famille. Et elle, de son côté, avait toujours fait son possible pour être irréprochable, pour ne jamais inquiéter son père, pour ne pas faire de vagues...

Jusqu'à cette année.

Cette année, elle avait oublié à deux reprises toute notion de prudence. Oublié tout ce pour quoi elle s'était battue depuis que sa mère s'était enfuie. Sitôt qu'Anna aurait publié son article sur le scandale de Lengroth, son nom à elle serait connu, ainsi que ses méfaits. Ce qui signifiait qu'elle devait rentrer chez elle de toute urgence pour tout avouer à son père avant qu'il ne découvre le scandale dans la presse. Mais d'abord, elle devait parler à Cal.

— Les enfants sont au lit.

Elle sursauta en entendant la douce voix masculine derrière elle et se retourna. Il était adossé au chambranle, visiblement soucieux.

— Je suis désolée. Je sais que j'aurais dû rester avec toi tout à l'heure, mais j'avais besoin de…

— De faire tes bagages ?

— De réfléchir. Je ne serais pas partie sans te parler avant.

— Mais tu vas tout de même partir.

Elle ne lisait plus l'angoisse dans son regard ambre, désormais, mais la colère.

— Tu m'avais pourtant promis que tu ne partirais pas.

Mal à l'aise, elle déglutit avec peine.

— Mon contrat se termine la semaine prochaine, de toute façon. Je te rappelle que tu envoies les enfants en pension.

Il s'approcha et lui prit les mains pour la regarder droit dans les yeux.

— Penses-tu vraiment que la situation est la même qu'au début de l'été ? Ce n'est pas mon avis. Je crois au contraire que tout a changé !

— Même si je pars quelques jours plus tôt, tu vas tout de même me payer, n'est-ce pas ?

Elle était inquiète, tout à coup.

— Tu peux me demander tout l'argent que tu veux. J'avais simplement espéré… J'avais pensé qu'on pourrait discuter ce soir, réfléchir à la suite…

Elle eut un petit rire désabusé.

— Nous avons tous les deux entendu ce que Ryan et Daisy ont dit à Anna. Ce qui va se passer n'est donc pas un mystère. Tout le pays va découvrir que j'ai couché avec un homme marié très riche, que je suis tombée enceinte, puis que je suis venue ici pour séduire son frère et ses enfants. Mon père va s'enfoncer dans le désespoir et je deviendrai une paria.

Elle avait connu le scandale une première fois, alors qu'elle n'était qu'une enfant. Elle le connaîtrait une seconde fois dans quelques jours.

Même si sa mère ne s'était pas enfuie avec son amant, elle aurait été obligée de quitter le village. Elle n'aurait jamais pu rester après avoir causé un tel scandale. Ce serait le cas pour elle aussi, dès la publication de l'article d'Anna.

— Ce n'est pas certain.

— Ne rêve pas, Cal ! Comment pourrai-je aller au village avec Daisy et Ryan alors que tout le monde sait qui je suis et ce que j'ai fait ?

— Tu pourras y aller, car je serai avec toi, répondit-il, avant de s'agenouiller devant elle. Heather, reste ici s'il te plaît ! Épouse-moi !

Un frisson la parcourut tout entière. Le fantôme de Lengroth l'avait-il traversée ? Cette pauvre fille qui avait été mise enceinte par le vieux comte et qui avait été assassinée lorsqu'elle avait menacé de révéler la vérité…

Contrairement à son aïeul, Cal lui offrait aujourd'hui ce dont toute femme rêvait. Malheureusement, elle ne pouvait accepter.

— Je ne peux pas, Cal.

— Pourquoi ? s'écria-t-il. Nous pouvons faire en sorte que notre relation fonctionne, Heather. Grâce à toi, j'ai compris que j'étais capable d'aimer. Je sais que je peux être un bon père de substitution pour Ryan et Daisy, que je saurai les aimer comme ils ont besoin d'être aimés. Et si je peux faire ça, alors je peux construire une famille heureuse, du moins tant que c'est avec toi. Tu m'as montré que ce sont moins nos erreurs qui nous font du mal que les secrets que nous voulons garder. Donc, à partir d'aujourd'hui, je ne garderai plus le moindre secret. Je crierai la vérité depuis les tourelles de ce maudit château.

Il plongea son regard dans le sien avant de poursuivre.

— Je vais crier au monde entier que je t'aime, Heather Reid. Je suis amoureux de toi et j'ai besoin que tu restes !

Sous le choc, elle ferma les yeux pour tenter de contenir son émotion.

Elle savait combien ces mots avaient dû lui coûter, combien il s'était battu pour pouvoir même les penser.

Elle aussi était amoureuse. Malheureusement, cela n'avait pas d'importance. Elle ne pouvait pas vivre cette vie. Elle ne pouvait pas rester ici avec tout le monde, y compris Daisy et Ryan, qui savaient quel genre de femme elle était.

— Et Anna ? demanda-t-elle soudain.

— J'ai déjà appelé le magazine et je leur ai promis une véritable interview, avec un autre journaliste, s'ils ne publient pas l'article d'Anna. Nous pourrions en profiter pour annoncer nos fiançailles, donner notre version de l'histoire… La situation s'apaiserait en un rien de temps, j'en suis persuadé.

Il rêvait ! Le scandale ne disparaît pas d'un claquement de doigts. Dix-huit ans après les faits, les habitants de son village parlaient toujours de l'aventure de sa mère. Personne n'oublierait ici non plus.

De son côté, elle n'oublierait pas la bêtise qu'elle avait faite. Jamais.

Les bêtises. Coucher avec un homme marié, tomber amoureuse de son frère… Elle avait commis trop d'erreurs, elle ne méritait pas d'être heureuse. Mais son enfant, si. Et elle allait faire en sorte qu'il le soit.

Même si son cœur était en miettes.

La situation allait s'améliorer. Forcément. Tout ce qu'elle avait à faire était de dire oui, et Cal pourrait tout arranger, comme il le faisait depuis son retour au château de Lengroth. Avec Heather auprès de lui, il pouvait déplacer des montagnes.

Sauf qu'elle n'avait toujours pas dit oui.

— Je suis désolée, Cal mais je ne peux pas t'épouser.

Elle l'aimait, pourtant. Il n'avait pas besoin qu'elle dise les mots, il pouvait le sentir chaque fois qu'ils étaient ensemble. D'ailleurs, elle avait probablement su qu'il l'aimait avant que lui-même ne s'en rende compte. Alors pourquoi ne pouvait-elle pas dire oui ?

— Ce n'est pas pour éviter le scandale que je te demande de m'épouser, mais parce que je t'aime.

C'était peut-être la première fois que quelqu'un dans sa famille faisait une demande en mariage par amour. Même Janey était enceinte lorsque Ross lui avait passé la bague au doigt.

Malgré tout, Heather le repoussait.

— Je t'aime aussi, Cal. J'ai essayé de ne pas tomber amoureuse, mais…

Il aperçut des larmes dans son beau regard émeraude. Touché, il l'attira contre lui.

— Tu m'aimes, je t'aime, alors au diable tout le reste ! Épouse-moi, formons une vraie famille et soyons heureux ensemble !

Le regard brillant, elle le dévisagea.

— J'en ai très envie, mais je ne ferai pas ça à mon enfant. Je ne le laisserai pas grandir ici, là où sa vie entière sera définie par ce que j'ai fait avant sa naissance. Moi-même, j'ai grandi ainsi, Cal, et je ne peux pas faire endurer une telle douleur à mon bébé. Même si je t'aime beaucoup, j'aime encore plus mon bébé.

Sous le choc, il se força à reculer.

— Et Daisy et Ryan ? Je pensais que tu les aimais.

— Je les aime, bien sûr, mais ils t'ont toi. Je sais que vous serez heureux, tous les trois. D'ailleurs, ce sera bien plus facile pour vous si je ne suis pas là.

— Rien ne sera plus facile sans toi, cria-t-il.

Tout à coup, il était en colère.

Pour toute réponse, elle secoua la tête, comme si la solution n'était pas entre ses mains. Or c'était tout le contraire. Son avenir tout entier reposait entre ses mains.

— En fait, tu as peur. J'ai toujours pensé que c'était moi qui avais trop peur de répéter le passé pour risquer de tomber amoureux, et puis tu es arrivée. Tu m'as encouragé, tu m'as fait comprendre que je pouvais y parvenir et que les enfants avaient besoin d'amour plus que de perfection. Eh bien, c'est la même chose pour moi. J'ai juste besoin de ton amour, je n'attends pas que tu sois parfaite.

— Tu ne penseras pas la même chose lorsque la médisance commencera.

— Bien sûr que si. Je le sais, parce que tu m'as convaincu que je pouvais surmonter mon héritage familial. Le problème, c'est que tu ne veux même pas prendre le risque de te débarrasser du tien.

— Ce n'est pas que je ne veux pas, c'est que je ne peux pas, Cal.

— Tu dis que tu agis ainsi pour ton bébé, pour faciliter la vie de Daisy et Ryan et même la mienne, mais que désires-tu, toi, au fond de ton cœur ?

Un sourire triste aux lèvres, elle attrapa son sac à dos.

— Je ne mérite pas ce que je veux.

Puis, sans un mot de plus, elle sortit de la chambre, du château et de sa vie.

# 16.

Le voyage de retour fut un cauchemar.

La température dans le compartiment entre Édimbourg et Londres était glaciale, et ses larmes qui ne cessaient de couler la refroidissaient encore. Heather avait laissé son cœur au château de Lengroth, et peut-être même son âme.

Le pire n'était cependant pas le voyage en train, mais la suite. Elle redoutait le moment où elle devrait annoncer la vérité à son père.

Il lui fallut quatre jours pour rassembler le courage nécessaire. C'était la dernière limite de toute façon. Si elle voulait qu'il l'apprenne de sa bouche et non en lisant un magazine, elle n'avait plus le choix.

D'ailleurs, c'était un miracle que la nouvelle n'ait pas déjà été diffusée, ou peut-être était-ce simplement le résultat des tractations de Cal. En tout cas, la vérité allait finir par éclater, y compris celle concernant ses sentiments pour Cal.

Son père était installé en face d'elle, dans son fauteuil habituel, une tasse de thé à la main. Si seulement elle pouvait maquiller les faits, les enjoliver un peu… Malheureusement, c'était impossible. Elle lui devait toute la vérité, aussi terrible soit-elle.

— Et donc, tu es revenue ici, conclut son père une fois son récit terminé.

— Oui.

Pour toute réponse, il attrapa un biscuit dans l'assiette posée sur la table basse.

— Je peux repartir si tu veux. Je le comprendrais si tu préférais que je sois loin lorsque le scandale éclatera. Je pensais que je pourrais peut-être louer un *cottage* quelque part au pays de Galles, m'éloigner quelque temps du tumulte.

Avant même son arrivée à Londres, son compte bancaire avait été crédité. Cal avait respecté sa promesse. Il lui avait donné les moyens de prendre le temps de réfléchir à son avenir, et elle ne pourrait jamais le remercier assez pour sa générosité.

— Tu pourrais aussi repartir en Écosse.

Incrédule, elle fronça les sourcils.

— Tu… Tu veux vraiment que je parte ?

Elle avait affirmé qu'elle comprendrait s'il lui demandait de partir mais, au fond d'elle-même, elle avait espéré qu'il la soutiendrait, qu'il la protégerait.

Il retira ses lunettes et les posa sur la table basse, un geste si familier qu'il lui serra le cœur, lui rappelant sa vie avant cet été, avant qu'elle ne rencontre Ross Bryce, quand tout était encore simple.

— Heather, ma chérie. Je t'aimerai et te soutiendrai toute ma vie, quoi que tu fasses. Tu auras toujours un foyer ici.

— Mais… ?

— Mais je suis ton père et il est de mon devoir de te dire quand je pense que tu fais une erreur. Et je ne parle pas du fait que tu sois tombée enceinte après une aventure d'un soir, ou que tu te sois enfuie sans me le dire. Je te parle du fait que tu aies abandonné ce Cal et ces deux enfants là-bas, à Lengroth.

— Je suis désolée…

Pour toute réponse, son père lui prit les mains et les serra, exactement comme Cal avait l'habitude de faire. À ce souvenir, son cœur se mit à saigner une nouvelle fois, et les larmes lui montèrent aux yeux.

— Tu aimes cet homme et tu aimes ces enfants, il me suffit de t'entendre en parler pour en avoir la certitude. Alors, pars ! Va les retrouver !

— Mais, papa…

— Il n'y a pas de mais qui tienne. Quelles que soient les raisons que tu as imaginées pour t'éloigner d'eux, elles ne sont pas suffisantes. Quand ta mère est partie…

— Papa, inutile d'en reparler.

Hors de question de l'obliger à aborder ce sujet qu'elle savait si douloureux pour lui.

— Si, il le faut, car tu dois comprendre. Quand elle est partie, elle a emporté mon cœur avec elle. Les ragots et les commérages m'ont blessé, bien sûr, mais pas à cause de ce que les autres pensaient de moi. Ils m'ont fait mal, parce que chaque mot me rappelait qu'elle ne m'aimait pas comme moi, je l'aimais. Et le pire c'était qu'ils me rappelaient qu'elle ne t'aimait pas assez pour rester. Et cela, je ne l'ai jamais compris.

— Papa…

— Je n'ai pas fini. Si ton Cal ressent pour toi la moitié de ce que tu ressens pour lui, j'imagine qu'il souffre beaucoup en ce moment. Tout comme moi, j'ai souffert.

« J'ai juste besoin de ton amour, je n'attends pas que tu sois parfaite ! », avait-il supplié.

Et si… Et si c'était tout ce dont son bébé avait besoin ? Deux parents qui l'aimaient, une famille… Cal n'était peut-être pas le père biologique de son enfant, mais il serait son père dans son cœur, tout comme il l'était déjà pour Daisy et Ryan.

— J'ai toujours pensé que c'était le scandale qui t'avait brisé le cœur et j'ai passé ma vie à tout faire pour éviter d'être l'objet des commérages.

Tout cela n'avait-il servi à rien ? Non. Cette attitude avait fait d'elle la personne qu'elle était aujourd'hui, celle qui avait fait tout le chemin jusqu'à Lengroth juste parce que c'était la meilleure chose à faire.

Sa vie chaotique avait fait d'elle la personne dont Cal était tombé amoureux.

— Je peux supporter toutes les critiques, reprit son père, mais je ne peux pas accepter que ma fille unique, l'amour de ma vie, soit malheureuse alors qu'elle n'a aucune raison de l'être.

Émue, Heather tomba à genoux devant sa chaise et éclata en sanglots.

Lorsque ses larmes se tarirent enfin, son père l'aida à se relever.

— Allez, prépare ton sac, je t'emmène à la gare.

— Qu'allez-vous faire maintenant ?

Cal leva les yeux vers Mme Peterson, qui venait de placer devant lui une tasse de chocolat chaud et un verre de cognac. La vieille dame s'était excusée lorsqu'elle avait compris qu'Anna l'avait piégée pour qu'elle laisse les enfants seuls, de manière à pouvoir les interroger tranquillement.

— Ce que je vais faire ? C'est simple. Je vais rappeler le rédacteur en chef d'Anna et tâcher de limiter les dégâts. J'ai déjà payé à Heather ce que je lui devais, cette question est donc réglée. Ensuite, j'appellerai l'internat et…

— L'internat ? cria Daisy en entrant dans la cuisine. Alors il faut vraiment y aller ? C'est pour ça que Heather est partie ?

Annoncer aux enfants que la jeune femme avait quitté le château lui avait brisé le cœur. Comment leur faire comprendre qu'Heather n'était pas fâchée contre eux, alors qu'elle était partie sans même leur dire au revoir ? Lui-même avait du mal à le comprendre.

Il connaissait ses raisons, elle lui avait expliqué, mais il ne les comprenait pas.

Jusqu'à présent, il avait toujours cru qu'il était l'unique responsable de l'échec de ses relations amoureuses. Si elles ne fonctionnaient pas, c'était parce qu'il restait distant, de peur que le monde apprenne la vérité sur sa famille, et parce qu'il était incapable d'aimer. Son héritage génétique l'en empêchait.

Tout avait changé lorsque Heather était partie. Dès le lendemain matin, la présence de Daisy et Ryan lui avait rappelé pourquoi il devait se battre et pourquoi l'amour était plus important que tout.

— Qu'est-ce que vous préférez, ton frère et toi ? demanda-t-il à sa nièce en se forçant à revenir à la conversation.

Après tout, il ne les avait jamais interrogés, jusqu'à présent.

— Aller à Derryford ou rester ici avec moi, même si Heather n'est pas là ? Si vous choisissez de rester, vous devrez aller à l'école du village.

— Rester à Lengroth, répondit Daisy sans hésitation. Ryan serait malheureux s'il n'est pas ici et, en plus, je pense que tu as besoin de nous.

Il esquissa un sourire.

— C'est aussi ce que je pense. Donc la question est réglée.

À ces mots, la petite fille lui sauta au cou, folle de joie.

Ce problème résolu, il s'attaqua aux autres.

Maintenant qu'il n'avait plus de photo de fiançailles à lui proposer, le rédacteur en chef d'Anna se montrait moins accommodant. Ils finirent néanmoins par trouver un accord. Anna ne reviendrait pas au château, mais il acceptait que le magazine utilise les photos qu'elle avait prises lors de son séjour et s'engageait à répondre à un long entretien par téléphone avec un autre journaliste.

Les habitants de la région allaient s'en donner à cœur joie avec les ragots, mais peu lui importait, désormais. La vérité était la vérité, et mentir n'y changerait rien.

Il dut néanmoins avoir une longue conversation avec Daisy et Ryan et tout leur expliquer. Apparemment, ils écoutaient aux portes bien mieux qu'il ne l'imaginait, tout comme Mme Peterson, d'ailleurs.

Il décida aussi de s'entretenir sérieusement avec la vieille dame, même s'il savait que cela se révélerait sans doute très désagréable.

— Quand vous m'avez appelé, la nuit où Ross et Janey sont

morts, vous m'avez dit qu'ils rentraient d'une fête. C'était un mensonge, n'est-ce pas ?

Visiblement mal à l'aise, la gouvernante essuya ses mains pleines de farine avant de répondre.

— C'était un mensonge, en effet.

— Pourquoi ?

— Parce que c'est ce que nous faisons au château. Nous mentons.

— Plus maintenant ! Alors asseyez-vous et dites-moi la vérité.

Mme Peterson hocha la tête. Après s'être raclé la gorge, elle se mit à lui raconter le défilé des femmes que Ross convoquait au château, sans se soucier de son épouse ni de ses enfants. Elle lui parla aussi des parties de poker nocturnes, à l'issue desquelles les participants repartaient avec de précieux objets de famille.

— Pourquoi ne m'avez-vous pas appelé pour m'informer de cette situation ?

— Lord Ross était le comte. C'était lui, mon employeur.

— Et la nuit où ils sont morts ? Que s'est-il passé ?

— Cette nuit-là, Lady Janey avait fini par perdre patience. J'ignore précisément ce que Lord Ross avait fait, mais elle lui a annoncé qu'elle partait et elle a fait ses bagages. Ils n'avaient pas les idées claires ce soir-là. Tous les deux avaient bu.

— Elle n'a pas voulu prendre les enfants ?

— Non.

— Et ensuite ?

Mme Peterson joua quelques secondes avec l'éplucheur avant de répondre.

— Janey est montée dans la voiture et, au moment où elle mettait le contact, Ross s'est glissé sur le siège passager. Il lui a dit qu'elle ne pouvait aller nulle part sans lui, que cela ferait trop jaser dans la région. Janey s'est mise en colère et elle a tout de même démarré. Ce qui s'est passé après, je ne sais pas. En tout cas, je ne les ai plus revus vivants.

Le seul point positif était que Janey n'avait pas emmené

les enfants. Toute la famille aurait pu perdre la vie, pour la simple raison que Ross ne voulait pas avouer au monde que sa femme le quittait.

Le magazine sortit dans les kiosques le lendemain matin, mais l'article et les photos étaient déjà sur Internet, suscitant de nombreuses réactions.

Lorsque Cal se réveilla, une foule de journalistes se pressaient devant la grille avec l'espoir d'obtenir un commentaire.

— Que dois-je répondre à ces gens ? lui demanda Mme Peterson.

— Rien. Proposez-leur du thé si vous voyez qu'ils ont froid, c'est tout.

Il avait avoué la vérité, il avait répondu aux questions du nouveau journaliste du magazine, sa mission était accomplie. À l'intérieur du château, avec Daisy et Ryan près de lui, il se sentait finalement en sécurité et heureux. Du moins, aussi heureux qu'il pouvait l'être en l'absence d'Heather.

— Et vous, qu'allez-vous faire pendant ce temps ?

— Discuter avec les enfants de la future décoration de leurs chambres.

Il était temps d'apporter un peu de vie et de bonne humeur à ce sinistre château.

Le lendemain, les journalistes étaient toujours aussi nombreux devant le château. Il continua à les ignorer, préférant étudier les choix de papier peint et de peinture sur Internet avec les enfants.

— Regarde ! lui cria soudain Ryan, qui s'était posté devant la fenêtre.

Il se leva et jeta un coup d'œil à l'extérieur. Heather venait de franchir la grille du château. Il sourit.

Elle avait traversé tout le pays sans que personne ne la reconnaisse. Malheureusement, ici, à Lengroth, avec tous ces journalistes agglutinés à la grille, elle allait avoir du mal à prétendre qu'elle n'était pas celle qu'ils pensaient, à savoir la conquête d'un soir du défunt comte.

Ou la fiancée de l'oncle du nouveau comte, si son offre tenait toujours.

Avant de descendre du taxi, elle prit une profonde inspiration, ajusta sous son bras le canard en plastique qu'elle trimballait depuis la gare de Londres et se lança.

Les journalistes se précipitèrent vers elle, mais elle les ignora.

Lorsqu'elle atteignit l'escalier, elle se retourna néanmoins vers eux.

— Merci à tous pour votre intérêt, mais il s'agit d'une affaire privée et j'aimerais bien rentrer chez moi tranquillement pour retrouver ma famille.

Si Cal et les enfants étaient encore prêts à l'accepter…

Les questions recommencèrent dès qu'elle se tut, mais elle ne les entendit pas. Elle ne voyait plus que Cal qui l'attendait au sommet de l'escalier.

— Je suis vraiment désolée, dit-elle en posant le pied sur la première marche.

— J'avais peur que tu ne reviennes pas, s'exclama-t-il, avant de descendre à sa rencontre pour la prendre dans ses bras. Je n'ai jamais été aussi heureux de m'être trompé.

— Je ne pouvais pas rester loin d'ici. Je t'aime trop, et j'aime trop Daisy et Ryan. Je suis à ma place ici, et notre bébé le sera aussi.

— Je suis bien d'accord avec toi.

Il l'embrassa avec fougue tandis que les journalistes se mettaient à applaudir.

— Attends… Tu as bien dit notre bébé ?

— Oui, si tu veux toujours m'épouser.

— Évidemment, quelle question ! susurra-t-il, avant de l'embrasser une nouvelle fois.

Cette fois, les applaudissements semblaient plus légers et plus proches. Elle rouvrit les yeux et vit Daisy et Ryan qui les observaient.

— Vous allez vraiment vous marier ? demanda le petit garçon.

— Et tu vas rester avec nous, cette fois ? continua sa sœur.

Heather jeta un coup d'œil à Cal.

— La réponse à ces deux questions est oui, dit-elle. À condition que tu acceptes d'être ma demoiselle d'honneur.

— Je ne veux pas être demoiselle d'honneur, fit la fillette en secouant la tête, mais je veux bien t'aider à choisir le menu du mariage, si tu veux !

— Alors c'est encore mieux.

— Devine quoi, Heather ? cria Ryan en lui attrapant le bras. On ne part pas en pension, finalement, on reste ci.

— Voilà une excellente nouvelle ! Vous m'auriez trop manqué si vous étiez partis.

— Et, toi, tu nous as déjà beaucoup manqué, même si tu n'es pas partie très longtemps, intervint Cal. Maintenant que nous nous sommes enfin retrouvés, nous pourrions peut-être rester ensemble, qu'en pensez-vous ?

— Comme une vraie famille ? demanda Daisy d'une voix hésitante. Vous deux, nous, Mme Peterson et le bébé ?

— Nous tous. Ensemble. Pour toujours, confirma Cal.

Derrière lui, Heather aperçut une fine silhouette blanche, presque transparente, qui levait la main en signe d'adieu avant de disparaître.

Le fantôme de Lengroth avait enfin tourné la page, sans doute parce que les Bryce n'avaient plus besoin qu'il leur rappelle tout le mal que les mensonges pouvaient causer.

Se tenant tous par la main, ils montèrent les dernières marches et pénétrèrent dans le château ensemble, à la manière d'une vraie famille.

# Épilogue

Dès que les grilles du portail du château de Lengroth s'ouvrirent, en cette belle journée d'été, une foule d'invités afflua pour célébrer le mariage d'Heather et de Cal.

Daisy les observa pendant un moment, depuis la fenêtre de la salle de jeux, avant de décider qu'elle ferait mieux de mettre sa robe, Heather allait bientôt venir la chercher.

Un an plus tôt, jour pour jour, elle jetait un canard en plastique par la fenêtre au moment même où la jeune femme arrivait au château. Elle l'avait donc convaincue de mettre un canard sur chaque table du mariage, un canard avec un chapeau haut-de-forme, un autre déguisé en centurion… Elle ignorait où Heather les avait trouvés mais ils étaient jolis.

Sa robe n'était pas trop mal non plus, pensa-t-elle en se glissant dedans.

À sa plus grande satisfaction, Heather l'avait libérée de ses obligations de demoiselle d'honneur. Elle ne voulait pas que tout le monde la regarde aujourd'hui. Elle préférait s'asseoir avec Ryan et le père d'Heather, qui lui avait dit de l'appeler grand-père Bill, et profiter de la fête.

Un an après le drame, ils allaient à nouveau former une famille. Et le nouveau bébé était mignon.

Heather et oncle Cal l'avaient appelé Will. Il pleurait beaucoup, mais il s'arrêtait dès qu'elle lui chantait des chansons. Un bébé, c'était finalement mieux qu'un chiot. Même si son frère et elle voulaient tout de même un chien.

Oncle Cal leur avait d'ailleurs promis qu'ils iraient en choisir un après la lune de miel.

En regardant son reflet dans le miroir, elle remarqua un mouvement derrière elle et sourit.

Le fantôme.

Heather pensait que le fantôme était parti le jour où elle était revenue au château, mais elle n'était pas du même avis. Oui, le fantôme s'était fait rare mais, de temps en temps, il revenait. Personnellement, elle l'aimait bien. Ce fantôme était la seule personne à qui elle avait pu parler, lorsque ses parents étaient morts.

— Salut, lui lança-t-elle. Tu es venu vérifier que nous allons toujours bien ?

Elle s'assit sur le lit pour enfiler ses chaussures argentées avant de reprendre.

— Je te rassure, nous allons bien. Mieux que bien, même. Ne le répète à personne mais oncle Cal et Heather ne s'en sortent pas trop mal. Maman et papa me manquent toujours mais on est heureux, tous ensemble.

Le fantôme lui sourit.

— Oh ! Et si tu viens nous rendre visite dans les deux semaines à venir, nous ne serons pas là, ajouta-t-elle rapidement en voyant le fantôme commencer à s'estomper. Nous partons en lune de miel. Oncle Cal dit que ce sera plus amusant si nous sommes tous ensemble. Même Mme Peterson vient, surtout pour aider avec le bébé.

Et sans doute aussi pour permettre à Heather et oncle Cal d'être un peu seuls. Elle avait onze ans, à présent. Elle comprenait mieux qu'ils ne le pensaient.

Sa famille s'agrandirait-elle un jour ? Ce serait bien. Surtout s'ils pouvaient aussi adopter un chien.

— Daisy ? Tu es prête ?

Heather apparut sur le seuil de la porte, et le fantôme s'évapora.

— Comme tu es belle !

— Toi aussi.

Elle était sincère. Heather était très belle dans sa robe en dentelle ivoire.

— Veux-tu que nous allions retrouver les garçons ? Plus vite nous en aurons fini avec la cérémonie, plus vite nous pourrons aller danser.

Elle leva les yeux au ciel. Apparemment, danser était ce qu'Heather préférait dans son mariage.

— Pourquoi pas.

Dans le couloir menant à la chapelle, elle crut apercevoir le fantôme qui les observait une dernière fois.

— Heather ? Tu ne partiras plus jamais, n'est-ce pas ?

Depuis qu'elle était revenue, elle lui posait régulièrement la question, généralement juste avant de s'endormir, pour pouvoir prétendre qu'elle ne l'avait pas vraiment dit.

— Jamais, lui promit Heather. Rien ne pourrait m'éloigner de toi et Ryan, ou de votre oncle Cal.

— Tant mieux.

Elle jeta un coup d'œil au fantôme qui sourit à nouveau, puis s'évapora. Cette fois-ci, il ne reviendrait pas, elle en était certaine.

La famille Bryce n'avait plus besoin d'être surveillée. Ils formaient désormais une famille, heureuse et libérée de tous ses secrets.

Retrouvez prochainement,
dans votre collection

# AZUR

**Un roi pour patron, de Millie Adams - N°4411**

Rien ni personne ne résiste au roi Matteo de la Cruz. Aussi est-il stupéfait quand Livia, sa parfaite assistante dont il ne sait plus se passer, refuse sa demande en mariage. Certes, il ne s'agirait entre eux que d'un arrangement dénué de sentiments mais Livia, qu'il a autrefois sortie du ruisseau, n'en tirerait que des avantages… Or, alors qu'il essaye de la faire revenir à la raison, Livia pousse l'affront jusqu'à lui présenter sa démission. Un rejet que Matteo n'est pas prêt à accepter. Bientôt, son assistante sera sa reine !

**Un secret à Noël, de Sharon Kendrick - N°4412**

Embauchée comme serveuse à l'occasion d'un gala de Noël, Hollie tombe sous le charme de Maximo Diaz, un irrésistible milliardaire espagnol. Aussi, quand celui-ci l'invite à partager une nuit avec lui – une seule ! –, cède-t-elle à la tentation, tout en sachant que cet homme restera à jamais hors d'atteinte. Mais voilà que peu de temps après cette parenthèse passionnée Hollie se découvre enceinte. Désormais, elle n'a d'autre choix que de se rendre au château de l'homme solitaire et envoûtant qui lui a fait perdre la raison, pour lui révéler qu'il sera bientôt père…

**Le retour de Duarte Avelar, d'Amanda Cinelli - N°4413**

Duarte a vécu l'enfer. Revenu d'entre les morts, il s'est battu pour rentrer chez lui, alors que tous le croyaient disparu à jamais. Pressé de renouer avec la vie qui lui a été arrachée – celle d'un milliardaire à qui tout réussit –, il doit d'abord recouvrer la mémoire. Or la clé de ses souvenirs pourrait bien être une jeune femme qui hante ses nuits. Sitôt qu'il l'a identifiée, Duarte se précipite donc à Rio pour trouver Nora Beckett, sans savoir quel lien existe entre eux. Et c'est avec stupeur qu'il découvre que la belle attend un enfant de lui !

**Une reine à New York, de Natalie Anderson - N°4414**

Prendre la place de sa jumelle. Au départ, l'idée paraissait séduisante à la reine Jade. Quitter son palais de Monrova – et ses devoirs – pour passer Noël à New York lui semblait même le comble de l'audace. Seulement voilà, avant de pouvoir profiter de sa liberté, elle doit affronter Alvaro Byrne, le patron de sa sœur. Saura-t-elle convaincre cet homme exigeant et autoritaire qu'elle est sa précieuse collaboratrice ? Surtout, parviendra-t-elle à ignorer le désir qu'il fait naître en elle pour jouer son rôle ?

**Séduction au palazzo, de Julia James - N°4415**

Jenna retient son souffle, tandis qu'elle pénètre dans le *palazzo* du signor Evandro Rocceforte. C'est là, au cœur de la campagne piémontaise, qu'elle vivra quelques semaines en tant que tutrice de la petite Amélie, la fille du maître des lieux. Si cette perspective la réjouit de prime abord, Jenna ne tarde pas à prendre peur. En effet, la cohabitation avec son mystérieux patron pourrait s'avérer plus difficile que prévu, si elle en croit la passion qui brûle aussitôt entre eux, intense et interdite…

**L'hiver d'une princesse, de Leah Ashton - N°4416**

Alors qu'elle s'apprête à épouser un homme qu'elle n'aime pas, Ana, princesse de Vela Alda, prend la fuite. Persuadée d'avoir fait le bon choix, elle doit toutefois trouver un refuge, et vite. Et c'est chez Rhys North, un expert en sécurité ami de son frère, qu'elle pose ses bagages. Auprès de cet homme protecteur, elle espère échapper au scandale provoqué par ses noces interrompues. Mais c'est une tout autre rumeur qui menace bientôt sa fragile sérénité. Conquise par Rhys, Ana entame une liaison avec lui – et se retrouve enceinte…

**Une promesse à honorer, de Jessica Gilmore - N°4417**

Sous le choc, Amber aperçoit dans la foule le prince Tristano Ragrazzi. Loin d'être un inconnu pour elle, cet homme est l'incarnation de l'existence dorée mais dénuée de liberté qu'elle a fuie huit ans auparavant. Promise autrefois à Tristano, elle a en effet brisé leur mariage arrangé sans un mot, pour se fondre dans l'anonymat. Impossible aujourd'hui de renier plus longtemps son titre de princesse et les responsabilités qui lui incombent, car Tristano exige qu'elle rentre avec lui au palais d'Elsornia et qu'enfin elle l'épouse !

**Des jumeaux pour un milliardaire,
de Lynne Graham - N°4418**

SÉRIE : *LES MARIÉES DE NOËL* - 2/2

Amy accueille toujours Noël avec joie – sans doute parce qu'elle a été privée de fêtes toute son enfance. Mais cette année son bonheur est à son comble. Depuis sa rencontre avec Sevastiano Cantarelli, elle se sent pousser des ailes… au point qu'elle finit par s'abandonner à la passion entre ses bras. Un moment d'égarement qu'elle ne tarde pas à regretter, hélas ! Car tout en prenant conscience que Sevastiano ne partagera jamais ses sentiments Amy découvre qu'elle attend des jumeaux de lui…

## Son ennemi pour amant, de Kate Summer - N°4419

SÉRIE : *LES TSARAKIS* - 3/3

Se venger de l'homme à cause duquel il a perdu sa famille et l'atteindre dans ce qu'il a de plus cher, c'est le seul objectif de Theo Tsarakis. Pourtant, quand il rencontre la belle-fille de son ennemi pour lui annoncer que le contrat qui aurait pu lancer sa carrière de jeune photographe est annulé, il se sent étrangement déstabilisé. Juliet est belle, pleine de charme, terriblement séduisante... Devant son regard innocent, Theo se sent soudain incapable de s'en prendre à elle. Avant de trouver la solution à son dilemme : il fera de Juliet sa maîtresse, avant de la quitter en lui révélant qui est réellement ce beau-père qu'elle adore...

## Un trône pour Noël, de Nina Milne - N°4420

SÉRIE : *NOËL ROYAL À CASAVALLE* - 3/3

Gabriella vient tout juste de découvrir qu'elle est une princesse, l'héritière du trône de Casavalle. Et elle a les plus grandes difficultés à s'adapter à son nouveau statut royal. Alors qu'un soir d'hiver elle cherche à oublier son devoir le temps d'une chevauchée, elle rencontre un sublime inconnu qui fait aussitôt battre son cœur. Quelle n'est pas sa surprise d'apprendre bientôt que celui qui l'a conquise d'un seul regard n'est autre que le prince Cesar d'Aguilarez, à qui sa famille la destine ! Gabriella n'a aucune envie de contracter une union de convenance, mais se pourrait-il que devoir et désir se mêlent pour transformer ces noces arrangées en un mariage d'amour ?

## À la merci de Dario Olivero, de Kate Walker - N°4421

Afin de décourager un prétendant trop insistant, Alyse a mis au point un plan parfait : elle va séduire un inconnu à la soirée de gala à laquelle elle est invitée. Un plan parfait, vraiment ? En théorie seulement. Car, sous les baisers brûlants de Dario Olivero, cet Italien plus époustouflant que tous les princes de contes de fées, elle se sent happée par la passion. Frappée par un véritable coup de foudre ! Et elle, d'habitude si sage, se laisse surprendre dans une position compromettante par son amoureux éconduit... Désormais, la voilà seule, fuyant dans la nuit. Car son prétendant lui a annoncé qu'il n'hésiterait pas, pour laver cet affront, à se venger d'elle et de sa famille...

# PASSIONS

**Rêve. Trahison. Tentation.**

Un homme et une femme.
Deux héros que tout oppose.
Ils n'ont rien en commun…
Ils ne croient plus en l'amour…
Ils sont amants… Ils sont rivaux…
Ils n'étaient pas censés s'aimer.
Et pourtant…
Ils vont renouer avec la passion.

**6 livres à découvrir tous les mois.**